고려 한시 삼백 수

시인의
마음을
읊다

고려 한시 삼백 수

시인의
마음을
읊다

초판 1쇄 발행　2022년 10월 21일

역해자　백락영

펴낸이　강기원
펴낸곳　도서출판 이비컴

주 소　서울시 동대문구 천호대로 81길 23
전 화　02)2254-0658　**팩 스**　02)2254-0634

고려 한시 삼백 수

시인의
마음을
읊다

백락영 역해

이비락 樂

머리글

한시를 읽고 감상을 한다고 하면 한문에 조예가 깊은 일부 계층의 전유물로만 알았던 적이 있었다. 비전공자였던 나도 한두 편씩 번역하다 보니, 현대의 시 이상으로 쉽고 운치가 있어 음미할만한 싯구와 내용이 많음을 알게 되었다.

한시는 5언(자)과 7언(자)의 절구(4구)와 율시(8구)가 주를 이룬다. 작법에는 꽤나 복잡한 규칙을 적용하고, 금싸라기 고르듯 글자를 골라 운까지 살려 만든 짧고 엄격한 정형시요, 서정시이다.

한시를 우리 글로 옮기면 간혹 모호한 점도 있지만, 시란 원작자의 손을 떠나면 역자나 감상자의 것이기에 깊이 새겨둘 필요는 없겠다. 하지만 대부분의 시를 언어의 조탁 없이 글자를 남용하여 번역하다 보니 이를 대하고 있으면 감상하는 것이 아니라 해설을 읽고 있는 듯, 산만하고 들쭉날쭉 거친 돌 같은 느낌을 받는 것도 엄연한 사실이다.

책으로 엮은 우리 고려 한시 삼백 수는 역자의 어설픈 감상을 넣어 책 읽기를 지루하게 하기보다는, 한정된 지면에 많은 시를 수록하여 몇 번이고 반복해서 읽고 읊조리다 보면 어느덧 한시에 매료되어 그 운율과 시대 상을 이해하게 되리라 믿는다.

때와 장소를 가리지 않고 현대의 디지털 기기에 손가락을 혹사하는 시간의 일부만이라도 쪼개어, 그 옛날 산천을 유람하며 노래하고, 변방에서 오랑캐와 왜적들로부터 나라를 지키며, 충성심과 귀양살이에 사뭇친 그리움의 조각들. 당시 선조들의 삶과 생각, 그리고 생활상을 엿보며 그들의 숨결을 느껴보자. 잠시 동안이라도 한시 속의 시인이 되어 시대의 희로애락을 느껴보시길 바란다.

후일 독자 중에 어느 누가 미 번역이나 이미 번역된 시를 한층 더 정감 있고 아름답게 오역 없이 번역하여 우리의 한시를 빛내주길 고대하며…

역해자 무지 백락영

차 례

2장

3장

작가소개

일러두기

1. 5언의 한시는 앞에 2자, 7언의 한시는 앞에 2자와 그 다음 2자가 짝을 이루며, 나머지 3자는 순서가 없다.

2. 작가의 생몰 연도가 불확실한 경우에는 작가의 활동 시기의 해당 왕조를 생몰 연도에 표기하였다.

3. 시에 나타나는 지명이나 장소, 사찰, 누대 등에서 소재가 확실치 않은 곳은 주석을 달지 않았다.

4. 수록된 시는 작가별 가나다순으로 정리하였다.

5. 비교적 생소한 한자는 음에 훈을 달아 설명하였다.

6. 우리글로 번역한 시는 글자의 수와 맞춤법 띄어쓰기를 준수하고, 외형상 일정한 형태로 정형화하였다.

세상을 향해 던지는 나의 시 한 수

慾何多 (白樂永)

我慾充腹裏　血肉斷絶也
一鳥不飛野　孤身夕隻影

욕하다 (백락영)

아욕충복리　혈육단절야
일조불비야　고신석척영

욕심이 어찌나 많은지

내 뱃속에 욕심이 가득해
혈육까지 단절하니
들엔 새 한 마리 날지 않고
외로운 몸 석양에 그림자 하나

1장

간밤 산장에 비가 내리다

어젯밤 솔 마당에 비가 내리고
냇물 소리 침상 서편에 들렸네
날이 밝아 앞뜰에 나무를 보니
자던 새는 둥지를 뜨지 않았네

山庄雨夜 (高兆基 / ?~1157)

昨夜松堂雨　溪聲一枕西
平明看庭樹　宿鳥未離棲

산장우야 (고조기)

작야송당우　계성일침서
평명간정수　숙조미이서

• 평명 : 해가 돋아 밝아올 무렵

昨 어제 작 : 어제, 옛날, 지난날
庄 전장 장 : 전장(田莊 : 귀족, 고관 등의 사유지)
堂 집 당 : 집, 널찍한 땅, 평지
離 떠날 리 : 떠나다, 갈라놓다
棲 깃들일 서 : 깃들이다, 살다, 보금자리

금양현에서 묵으며

새는 새벽 서리 숲에서 울고
바람 소리에 놀라 잠을 깨니
처마 끝에 반달이 걸려 있고
이내 몸은 먼 타향에 있다네
가는 길은 낙엽에 묻혀 있고
언 가지에 안개 밤새 어렸네
강동에 여정은 아직도 먼 데
어촌에 가을은 벌써 다 갔네

宿金壤縣 (高兆基, ?~1157)

鳥語霜林曉　風驚客榻眠
簷殘半規月　人在一涯天
落葉埋歸路　寒枝冒宿煙
江東行未盡　秋盡水村邊

숙금양현 (고조기)

조어상림효　풍경객탑면
첨잔반규월　인재일애천
낙엽매귀로　한지견숙연
강동행미진　추진수촌변

- 금양현 : 지금의 강원도 통천군
- 반규월(半規月) : 반달

榻 걸상 탑 : 걸상, 탁자, 침상 / 簷 처마 첨 : 처마
規 법 규 : 법, 규칙, 동그라미
涯天 애천 : 하늘 끝, 타향
冒 얽을 견 : 얽다, 옭다

24

동쪽 교외로 말 타고 가며 짓다

말에 실려 봄날을 찾아가니
송아지도 힘들여 밭을 가네
날은 온화해 새는 노래하고
고기 노는 물결은 잔잔하네
들판 나비는 서로 희롱하고
모랫벌 갈매기 무리로 나네
절로 밉구나 연작을 따르며
청정한 백로와는 다른 나를

東郊馬上演雅體 (郭預, 1232~1286)

信馬尋春事　牛兒方力耕
鳥鳴天氣暖　魚泳浪紋平
野蝶成團戲　沙鷗作隊行
自嫌隨燕雀　不似鷺鷥清

동교마상연아체 (곽예)

신마심춘사　우아방력경
조명천기난　어영낭문평
야접성단희　사구작대행
자혐수연작　불사로사청

• 연아체 : 각 구절마다 동물을 넣어 지은 시
• 신마 : 말에 몸을 맡기어 말 가는 대로 감
• 연작 : 제비와 참새, 도량이 좁은 사람
方 모 방 : 이제 막, 바야흐로
嫌 싫어할 혐 : 싫어하다, 미워하다, 의심하다
鷥 해오라기 사 : 해오라기, 백로

사원에서 우연히 읊다

용수산 앞에 봄비가 촉촉이 오더니
문을 싸도는 돌개울 물소리 들리고
청화한 날씨에 의당 풍치를 읊으며
동산 정자에 올라 저녁노을 대하네

土園偶吟 (權溥, 1262~1346)

龍岫山前春雨過　繞門溪石水聞聲
淸和天氣宜風詠　步上園亭坐晩霞

사원우음 (권부)

용수산전춘우과　요문계석수문성
청화천기의풍영　보상원정좌만하

- 용수산 : 개성 남쪽에 있는 산
- 돌개울 : 물 밑에 돌이 깔린 작은 개울

岫 산굴 수 : 산굴, 석굴, 산봉우리
繞 두를 요 : 두르다, 둘러싸다, 감기다
霞 노을 하 : 노을, 무지개
坐 앉을 좌 : 앉다, 머무르다, 대하다

밤의 향연

이슬 같은 은하수에 달빛이 흐르고
금잔에 술 넘치니 한기도 물러가네
자천곡을 부르는 옥과 같은 여인아
홍촉이 꺼져도 밤은 깊지가 않구나

夜宴 (權溥, 1262~1346)

露色銀河月色團　酒盈金盞却天寒
紫泉一曲人如玉　紅燭花殘夜未闌

야연 (권부)

로색은하월색단　주영금잔각천한
자천일곡인여옥　홍촉화잔야미란

- 홍촉 : 붉은 빛깔을 물들인 밀초
- 천한 : 추운 날씨

團 둥글 단 : 둥글다, 모이다, 구르다
盈 찰 영 : 차다, 넘치다 / 盞 잔 잔 : 잔, 술잔, 등잔
殘 잔인할 잔, 남을 잔 : 남다, 잔인하다, 멸하다
闌 가로막을 란 : 가로막다, 다하다, 저물다

안북사 대나무를 읊다

많은 눈으로 오만 나무가 꺾어지자
대나무가 한 줄기 매화와 어울리나
유월에 찌는 듯한 혹독한 무더위에
맑은 바람 불러와 나눠줌만 못하네

安北寺詠竹 (權適, 1094~1147)

大雪漫天萬木摧　琅玗相映一枝梅
不如六月炎蒸酷　呼召淸風分外來

안북사영죽 (권적)

대설만천만목최　낭간상영일지매
불여유월염증혹　호소청풍분외래

- 낭간 : 아름다운 대나무(옥돌 랑, 옥돌 간)
- 상영 : 서로 어울리다, 대비하다
- 불여 : ~ 하는 편이 낫다, ~ 만 못하다
- 청풍 : 맑고 부드럽게 부는 바람
- 외래 : 밖에서 오다

摧 꺾을 최 : 꺾다, 부러지다

배꽃은 떨어지고

춤을 추며 나부끼며 가다 되돌아오며
바람에 치올려 가지에서 다시 피려네
무단히 꽃잎 하나가 그물망에 걸리면
거미가 나비로 알고서 잡으려 든다네

落梨花 (金坵, 1211~1278)

飛舞翩翩去却回　倒吹還欲上枝開
無端一片粘絲網　時見蜘蛛捕蝶來

낙이화 (김구)

비무편편거각회　도취환욕상지개
무단일편점사망　시견지주포접래

• 무단 : 함부로 행동하는 일
• 지주 : 거미
• 편편 : 가볍게 훨훨 나는 모습

梨(梨) 배나무 리, 배나무 이
翩 나부낄 편
粘 붙을 점 : 끈끈하다, 끈기가 있다, 붙다

강물

강물은 동으로 흘러 다시 오지 않는데
흰 돛은 곧장 서편으로 가고자 펼쳤네
부들이 핀 강변 언덕에는 미풍이 일고
버들 우거진 긴 둑에 부슬비가 내리네
꿈속에 넋은 먼 기자국을 헤매다 가고
깊이 품은 회포 초왕대서 겨우 펼치네
가고 가며 보자 하니 무산의 형색인데
원숭이 우는 소리에 외려 슬픔이 이네

江水 (金九容, 1338~1384)

江水東流不復迴　雲帆直欲向西開
菰蒲兩岸微風起　楊柳長堤細雨來
魂夢遠迷箕子國　襟懷才展楚王臺
行行見說巫山色　一聽猿聲轉覺哀

강수 (김구용)

강수동류불부회　운범직욕향서개
고포양안미풍기　양유장제세우래
혼몽원미기자국　금회재전초왕대
행행견설무산색　일청원성전각애

• 금회 : 마음속에 깊이 품고 있는 회포
• 초왕대 : 전국시대 초회왕이 꿈에 무산(巫자를 닮은 산)의
여신과 정을 나눴다는 곳
菰 줄 고 : 줄(볏과, 백합과의 풀)
才 재주 재 : 재주, 겨우
說 말씀 설 : 말하다, 헤아리다, 풀어 밝히다

종군 나간 정몽주에게 부치다

온 세상이 더욱 어지럽기에
누각에 올라 그대를 생각하오
홀연 청정한 직책을 마다하고
먼 북녘으로 종군을 떠났구려
오래된 요새에 달빛이 비치고
장성에 상서로운 구름 이는데
유유히 갑옷을 곁에다 두고서
누구와 세세하게 글을 논하오

寄達可從軍 (金九容, 1338~1384)

四海尙紛紛　登樓獨念君
忽辭淸禁直　遠赴朔方軍
古塞縣明月　長城起霱雲
悠悠倚金甲　誰與細論文

기달가종군 (김구용)

사해상분분　등루독염군
홀사청금직　원부삭방군
고새현명월　장성기율운
유유의금갑　수여세논문

- 달가 : 정몽주의 字
- 금직 : 의금부의 당직(當直)
- 삭방 : 북쪽 지방으로 주로 함경도 지역
縣 매달 현 : (공중에)매달다, 내걸다, 연결하다
霱 상서로운 구름 율 : 상서로운 구름, 삼색 구름
倚 의지할 의, 기이할 기 : 의지하다, 기대다, 곁

빠른 배 (1)

산이 차츰 에워싸니 물색은 점점 맑아지고
배가 거슬러 오르니 물결에 꽃이 피어나네
수죽이 무성한 숲에 인가라곤 보이지 않고
때때로 새소리 그윽하게 한두 번씩 들리네

帆急 1 (金九容, 1338~1384)

山漸周圍水漸淸　泝流船疾浪花生
茂林脩竹無人處　時聽幽禽一兩聲

범급 1 (김구용)

산점주위수점청　소류선질낭화생
무림수죽무인처　시청유금일양성

• 수죽 : 밋밋하게 자란 가늘고 긴 대

• 명나라에 말 五十 필을 조공한다는 김구용의 글을 누군가
五千 필로 바꿔 조공을 못하자, 김구용은 후일 명나라 황제
의 명으로 요동에서 체포되어 유배 중 병사한다. 이 시는 앞
쪽에 강물과 뒤쪽에 야초와 더불어 명나라 유배 길에서 지
은 시로 추정된다.

빠른 배 (2)

돛단배가 빠르니 산이 달려가고
뱃길에 언덕은 저절로 옮겨가네
타향이기에 풍속도 자주 물으며
아름다운 풍경이라 시를 쓴다네
오나라와 초나라의 오랜 땅에서
강과 호수에 시절은 오월이기에
주머니가 비었다고 불평을 말자
청풍과 명월이 언제나 함께하니

帆急 2 (金九容, 1338~1384)

帆急山如走　舟行岸自移
異鄕頻問俗　佳處强題詩
吳楚千年地　江湖五月時
莫嫌無一物　風月也相隨

범급 2 (김구용)

범급산여주　주행안자이
이향빈문속　가처강제시
오초천년지　강호오월시
막혐무일물　풍월야상수

• 풍월 : 청풍(淸風)과 명월(明月), 아름다운 풍경

移 옮길 이 : 옮기다
嫌 싫어할 혐 : 싫어하다, 의심하다
隨 따를 수 : 따르다, 추종하다

빠른 배 (3)

해는 지고 맑은 강어귀에 묵으려
울타리 밖에다 작은 배를 매두네
창문 멀리 학 우는소리 들려오고
침상에서 갈매기 벗해 잠을 자네
자욱한 안개로 산엔 비가 내리고
미풍 불어 물결은 안개를 만드네
이른 아침 초가 근처를 바라보니
산과 물 모두가 순박한 풍경이네

帆急 3 (金九容, 1338~1384)

暮宿淸江口　籬邊繫小船
隔牕聞鶴唳　欹枕伴鷗眠
霧重山仍雨　風恬浪作煙
曉看茅屋處　淳朴一山川

범급 3 (김구용)

모숙청강구　이변계소선
격창문학려　기침반구면
무중산잉우　풍념랑작연
효간모옥처　순박일산천

籬 울타리 리 : 울타리, 대나무
邊 가 변 : 가, 곁, 변방
牕 창 창 : 창(窓), 지게문
唳 울 려 : 울다, 학이 울다, 새가 울다
繫 맬 계 : 매다, 묶다
恬 편안할 념 : 편안하다, 평온하다, 조용하다

들풀

여리고 여린 들풀이 꽃을 절로 피우고
돛 그림자 용처럼 수면에 비껴 보이네
저물어 다시 안개 낀 물가에 묵으려니
울창한 대숲에 사람 사는 집이 보이네

野草 (金九容, 1338~1384)

纖纖野草自開花　檣影如龍水面斜
日暮每依煙渚宿　竹林深處有人家

야초 (김구용)

섬섬야초자개화　장영여용수면사
일모매의연저숙　죽림심처유인가

纖 가늘 섬 : 가늘다, 잘다
檣 돛대 장 : 돛대
渚 물가 저 : 물가, 모래섬

여강의 둔촌 이집에 부치다 (1)

옷깃을 풀고 기대어 졸다가 놀라 깨니
마침 모래톱에 새가 홀연 때를 알리네
생각은 멋진 물가에 머문 줄 알았는데
산과 언덕이 바뀌어 배가 감을 알았네

麗江寄遁村李集 1 (金九容, 1338~1384)

解衣欹枕夢初驚　時有沙禽忽報更
意在汀州佳處住　岸移山轉覺舟行

여강기둔촌이집 1 (김구용)

해의기침몽초경　시유사금홀보경
의재정주가처주　안이산전각주행

- 이집 : 자는 호연(浩然), 호는 둔촌(遁村)
- 보경 : 시간을 알리다

驪江 여강 : 여주 강
禽 새 금 : 새, 날짐승
住 살 주 : 살다, 멈추다, 정지하다

여강의 둔촌 이집에 부치다 (2)

어린아이 배 저어 푸른 물결 오르다
밤에 배를 대니 버들 그늘이 짙구나
풀 속에 귀뚜라미는 쉬지 않고 울고
찬 이슬 추위에 오래 머물지 못했네

麗江寄遁村李集 2 (金九容, 1338~1384)

稚子撑舟泝碧流　夜深移泊柳陰稠
草間蟋蟀啼無數　露冷衣寒未久留

여강기둔촌이집 2 (김구용)

치자탱주소벽류　야심이박유음조
초간실솔제무수　로냉의한미구유

・실솔 : 귀뚜라미(귀뚜라미 실, 귀뚜라미 솔)

稚 어릴 치 : 어리다, 작다, 유치하다
撑 버틸 탱 : 버티다, (배를)저어 나가다
泝 거슬러 올라갈 소 : 거슬러 오르다, (배로)가다
稠 빽빽할 조 : 빽빽하다, 많다, 진하다

여강의 둔촌 이집에 부치다 (3)

달빛도 고운 강물 소리에 더위는 가시고
늙은 몸이 가끔은 근처에 낚시터를 가네
낚싯줄 거두고 노를 접으니 일도 없기에
작은 배를 두고서 느릿느릿 집에 왔다네

麗江寄遁村李集 3 (金九容, 1338~1384)

月色江聲暑氣微　老魚時復近苔磯
收絲卷棹人無事　穩放輕舠緩緩歸

여강기둔촌이집 3 (김구용)

월색강성서기미　노어시부근태기
수사권도인무사　온방경도완완귀

魚 고기 어 : 나(인칭 대명사)
磯 물가 기 : 물가, 낚시터
卷 책 권, 말 권 : 책, 말다, 접다
穩 편안할 온 : 편안하다, 평온하다, 그대로 두다
舠 거룻배 도 : 거룻배(돛 없는 작은 배), 작은 배
緩 느릴 완 : 느리다, 느슨하다

여강의 둔촌 이집에 부치다 (4)

저녁에 마름 물가로 산책을 나갔더니
이슬 바람 차갑게 달그림자 흘러가고
생황을 불고 싶지만 마음이 혼란하여
홀로 싯구절 읊으며 고깃배에 올랐네

麗江寄遁村李集 4 (金九容, 1338~1384)

晩來徐步白蘋洲　風露凄淸月影流
欲喚笙歌嫌擾擾　獨吟詩句上漁舟

여강기둔촌이집 4 (김구용)

만래서보백빈주　풍로처청월영류
욕환생가혐요요　독음시구상어주

• 요요 : 마음이 뒤숭숭하고 어수선하다

蘋 마름 빈 : 마름, 여러해살이 물풀, 개구리밥
喚 부를 환 : 부르다, 소환하다
嫌 싫어할 혐 : 싫어하다, 미워하다, 의심하다
擾 시끄러울 요 : 시끄럽다, 어지럽다, 탁해지다

여강의 둔촌 이집에 부치다 (5)

배를 내려와 묶자 이슬에 옷은 습하고
한가히 시를 읊으며 사립을 툭툭 치니
단잠 자다 깬 주인의 소리가 들리는데
응당 화를 내고는 한참을 나오지 않네

麗江寄遁村李集 5 (金九容, 1338~1384)

離下維舟露濕衣　閑吟剝啄扣柴扉
主人聞語還酣睡　應是嗔予久不歸

여강기둔촌이집 5 (김구용)

이하유주로습의　한음박탁구시비
주인문어환감수　응시진여구불귀

• 박탁 : 똑똑 두드림

離 떠날 리 : 떠나다, 떨어지다
剝 벗길 박 : 벗기다, 두드리다
啄 쪼을 탁 : (부리로 먹이를)쪼다, 똑똑 두드리다
扣 두드릴 구 : 두드리다, 치다
予 나 여, 줄 여 : 나, 주다

둔촌 이호연의 시를 차운하여

그대는 삼추가 지나도 오지를 않지만
신선은 해마다 기약을 하며 돌아오네
그대를 그리는 마음은 강변에 머물다
사립문 밖 버들가지에 고깃배를 매네

次遁村李浩然 (金九容, 1338~1384)

一別三秋客未歸　神仙還有每年期
與君須向江邊住　門外漁舟繫柳枝

차둔촌이호연 (김구용)

일별삼추객미귀　신선환유매년기
여군수향강변주　문외어주계류지

• 차운 : 남의 시에서 운자(韻字)를 빌어 시를 지음
• 삼추 : 가을 석 달 동안, 세 해의 가을 즉, 삼 년의 세월

與 더불 여 : 더불다, 따르다
繫 멜 계 : 메다, 묶다

경주 객관에서

무열왕 후손 곧 문열의 집안이라
계림의 진골은 단연코 많지 않네
고향은 동쪽 하늘 한편에 있기에
이제금 복 받아 사신으로 노니네

東都客館 (金君綏, 고종)

武烈王孫文烈家　鷄林眞骨固無多
故鄕尙在天東角　今幸來遊作使華

동도객관 (김군수)

무열왕손문열가　계림진골고무다
고향상재천동각　금행내유작사화

• 김군수 : 김부식의 손(김돈중의 자)
• 천각 : 하늘의 한 모퉁이

固 굳을 고 : 단호히, 굳건히
尙 오히려 상 : 오히려, 더욱이, 또한
華 빛날 화 : 빛나다, 화려하다, 꽃, 중국

밤에 앉아서

종이 바른 침침한 창에 밤기운은 맑은데
만여 권의 도서를 등잔불 하나가 밝히네
벼룻돌을 허허 부니 싸늘한 구름이 일고
주전자는 쏴아 하며 소나기 소리를 내네
말단 관직 적은 봉급이 가난에 소중하나
헛된 명성 소소한 이익은 취기로 흘리네
변방에 기러기 밤을 새워 남으로 가는데
나는 어이해 타향에서 가족 생사를 묻나

夜坐 (金克己, 명종)

紙窓沈沈夜氣淸　圖書萬卷一燈明
噓噓石硯寒雲色　颯颯銅甁驟雨聲
薄祿微官貧始重　浮名末利醉還輕
通宵塞鴈空南去　恨不歸家問死生

야좌 (김극기)

지창침침야기청　도서만권일등명
허허석연한운색　삽삽동병취우성
박녹미관빈시중　부명말리취환경
통소새안공남거　한불귀가문사생

• 지창 : 종이 창 / • 박녹 : 적은 녹봉
• 부명 : 헛된 명성 / • 말리 : 눈앞에 보이는 작은 이익

甁 병 병 : 병, 단지, 噓 불 허 : 불다, 울다
驟 달릴 취 : 달리다, 빠르다

늙은 어부

천옹이 어옹에 아직은 옹졸해
강호에 순풍을 조금만 보내니
세상이 험하다 비웃지 마시오
오히려 그대가 급류에 있음을

漁翁 (金克己, 명종)

天翁尙不貰漁翁　故遣江湖少順風
人世嶮巇君莫笑　自家還在急流中

어옹 (김극기)

천옹상불세어옹　고견강호소순풍
인세험희군막소　자가환재급류중

- 자가 : 자기(自己)

貰 세낼 세 : 세내다, 빌리다, 관대하다
故 연고 고 : 까닭, 이유, 친숙한 벗
嶮 험할 험 : 험하다, 준엄하다
巇 험할 희 : 험준하다
還 돌아올 환 : 돌아오다, 돌려보내다, 도리어

잉불역을 가며

한가하게 산 아래 길을 내려가며
고삐를 놓고 서늘함에 시를 읊네
냇물 속 방게는 까끄라기를 품고
숲속 나뭇잎에 숨은 매미는 없네
맑은 냇물 소리는 빗소리와 같고
들판에 옅은 기운이 안개와 같네
밤이 늦어 외딴 주막에 당도하니
촌부는 아직도 잠이 들지 않았네

仍弗驛 (金克己, 명종)

悠悠山下路　信轡詠涼天
水有含芒蟹　林無翳葉蟬
溪聲淸似雨　野氣淡如煙
入夜投孤店　村夫尙未眠

잉불역 (김극기)

유유산하로　신비영양천
수유함망해　임무예엽선
계성청사우　야기담여연
입야투고점　촌부상미면

• 잉불역 : 경주에 소재
• 양천 : 서늘한 일기

轡 고삐 비 : 고삐, 굴레, 재갈
芒 까끄라기 망 : 까끄라기 / 蟹 게 해 : 게, 방게
翳 깃 일산 예 : 그늘, 깃 일산, 가리다, 숨다

늦가을 달밤에

해가 지자 거센 바람은 나무 끝에 불고
서리 날려 마른 잎에 부스럭 소리 나네
창문을 열어도 맑은 달을 맞을 수 없어
야윈 몸에 가을 오니 추운 밤이 두렵네

秋晚月夜 (金克己, 명종)

日落頑風起樹端 飛霜貿貿葉聲乾
開軒不用迎淸月 瘦骨秋來怯夜寒

추만월야 (김극기)

일낙완풍기수단 비상무무엽성건
개헌불용영청월 수골추래겁야한

• 무무 : 말과 행동이 서투르고 무식함

頑 완고할 완 : 악하다, 사납다, 둔하다
端 끝 단 : 끝, 가, 한계, 단서
乾 마를 건, 하늘 건
軒 집 헌 : 집, 난간, 창, 들창
瘦 여월 수 : 여위다, 파리하다

봄(촌락의 사계절)

수초 사이에 놀던 물고기 뛰어오르고
버들이 늘어진 둑에 철새가 날아가네
논두렁 곁 둠벙에는 창포잎이 예쁘고
새참 먹는 이랑에 고사리가 향기롭네
비를 부르는 비둘기 지붕을 날아가고
진흙을 물고 제비는 처마로 날아드네
밤이 되어 누추한 집으로 돌아와서는
베개 베고 누우니 복희씨와 다름없네

春 - 田家四時 (金克己, 명종)

草箔遊魚躍　楊堤候鳥翔
耕皐菖葉秀　饁畝蕨芽香
喚雨鳩飛屋　含泥燕入樑
晚來茅舍下　高臥等羲皇

춘 - 전가사시 (김극기)

초박유어약　양제후조상
경고창엽수　엽무궐아향
환우구비옥　함니연입량
만래모사하　고와등희황

47

• 고와 : 높이 눕다, 벼슬을 버리고 한가롭게 지냄
• 희황 : 복희씨의 다른 이름 / • 둠벙 : 물웅덩이

皐 언덕 고, 못 고 / 饁 들밥 엽 / 畝 이랑 무 : 이랑, 밭 넓이
箔 발 박 : 발 (갈대나 대나무로 엮어 만든 물건), 금속을 두드
려 종이처럼 얇게 만든 것 / 蕨 고사리 궐

여름(촌락의 사계절)

버들 들판으로 녹음이 짙어가고
둔덕에 뽕잎은 어느새 듬성하네
꿩은 새끼를 먹이느라 야위었고
누에는 고치가 되려고 토실하네
훈풍이 불어와 보리밭은 놀라고
소나기 오자 낚시터가 어둑하네
지나가는 마차도 없어 적막하니
낮에도 개울가에 사립은 닫혔네

夏 - 田家四時 (金克己, 명종)

柳郊陰正密　桑塢葉初稀
雉爲哺雛瘦　蠶臨成繭肥
薰風驚麥壠　凍雨暗苔磯
寂寞無軒騎　溪頭晝掩扉

하 - 전가사시 (김극기)

유교음정밀　상오엽초희
치위포추수　잠임성견비
훈풍경맥롱　동우암태기
적막무헌기　계두주엄비

• 동우 : 소나기
• 훈풍 : 첫 여름에 부는 훈훈한 바람
• 헌기 : 수레와 말을 타거나 또는 그 수레와 말
塢 둑 오 : 둑, 제방, 마을, 보루
雛 병아리 추 : 병아리, 새의 새끼
蠶 누에 잠 : 누에, 양잠 / 繭 고치 견 : 고치, 누에고치

48

가을(촌락의 사계절)

골골 힘들여 일하던 시골 마을에
가을이 오자 잠시 동안 한가하네
서리에 단풍 든 언덕은 기러기요
국화꽃 핀 물가에 귀뚜라미 우네
목동의 피리 소리는 구름을 뚫고
나무꾼 노래 달빛 타고 돌아오네
미루지 말고 서둘러 주워 오기를
공산에 익은 배와 밤이 가득하네

秋 - 田家四時 (金克己, 명종)

搰搰田家苦　秋來得暫閒
鴈霜楓葉塢　蛩音菊花灣
牧笛穿雲去　樵歌帶月還
莫辭收拾早　梨栗滿空山

추 - 전가사시 (김극기)

골골전가고　추래득잠한
안상풍엽오　공음국화만
목적천운거　초가대월환
막사수습조　이율만공산

• 막사 : 미루지 말라, 사양치 말라

搰 팔 골 : 파다, 힘쓰는 모양 / 暫 잠시 잠 : 잠깐, 잠시
蛩 메뚜기 공 : 메뚜기, 귀뚜라미
灣 물굽이 만 : 물굽이, 굽다, 구부러지다
穿 뚫을 천 : 뚫다, 뚫어지다

겨울(촌락의 사계절)

할 일은 끊이지 않고 이어지니
세밑이 닥쳐도 일손을 못 놓네
눈에 눌린 처마가 걱정이 되고
바람은 사립을 부술 듯이 부네
서리 새벽 험한 곳에 나무하고
달밤에 이엉 엮을 새끼를 꼬며
그리 지내다 봄 일이 시작되면
언덕에 올라 휘파람 길게 부리

冬 - 田家四時 (金克己, 명종)

歲事長相續　終年未釋勞
板簷愁雪壓　荊戶厭風號
霜曉伐巖斧　月宵升屋綯
佇看春事起　舒嘯便登皐

동 - 전가사시 (김극기)

세사장상속　종년미석로
판첨수설압　형호염풍호
상효벌암부　월소승옥도
저간춘사기　서소편등고

• 처마널 : 처마 테두리에 돌려 붙인 판자
• 저간 : 기다리다, 지켜보다
斧 도끼 부 : 도끼, 베다, 찍다
綯 새끼 꼴 도 : 새끼 꼬다, 새끼, 노끈
升 오를 승, 되 승 : 오르다, 나가다, 되(용량 단위)
舒 펼 서 : 펴다, 느리다, 게으르다, 편안하다

통달역에서

안갯속 버들이 땅을 쓸며 금실을 하늘대다
이별하는 임에게 주려고 몇 번이나 꺾였나
숲속 매미도 이별의 아픔을 알아주는 듯이
석양에 나뭇가지 위에서 긴긴 울음을 우네

通達驛 (金克己, 명종)

煙楊窣地拂金絲 幾被行人贈別離
林外一蟬諳別恨 曳聲來上夕陽枝

통달역 (김극기)

연양솔지불금사 기피행인증별리
임외일선암별한 예성내상석양지

• 이별 하면서 버들가지를 꺾어주던 풍습이 있었음
• 통달역 : 지금의 함경남도 고원군에 있던 역참

窣 구멍에서 갑자기 나올 솔 : 구멍에서 갑자기 나오다,
                                    느릿느릿 걷다
曳 끌 예 : 끌다, 당기다

등명사

아득 멀리 푸른 파도를 누르는 절에
올라 보니 바다 가운데 있는 듯하네
주렴을 걷자 대 그림자 흐리다 짙고
베개를 베니 개울 소리 들렸다 하네
깊은 밤 경루에 향불은 싸늘히 식고
달밤 객의 방에 갈포 두건 서늘하네
슬프다 좋은 경치에 머물 인연 없고
입에 풀칠하려니 종일 쉴 틈이 없네

燈明寺 (金敦時, ? ~1170)

寺壓滄波遠淼茫　登臨如在海中央
捲簾竹影疎還密　倚枕灘聲抑更揚
夜靜經樓香炧冷　月明賓榻葛巾凉
堪嗟好景無緣住　終日昏昏爲口忙

등명사 (김돈시)

사압창파원묘망　등임여재해중앙
권렴죽영소환밀　의침탄성억갱양
야정경루향사냉　월명빈탑갈건량
감차호경무연주　종일혼혼위구망

- 등명사 : 강릉시 정동진 소재
- 김돈중 : 김부식의 아들로 정중부 난에 죽임을 당함
- 묘망 : 강이나 바다가 끝없이 넓어 아득함
- 경루 : 불경을 보관하여 두는 누각
- 혼혼 : 정신이 아득하여 희미한 모양

榻 걸상 탑 : 평상, 탁자, 침상 / 炧 불똥 사
忙 바쁠 망 : 바쁘다, 분주하다

낙안군 선원에 묵으며

산에 들러 우연히 절에 당도하니
향불 지핀 방이 하나가 열려있네
깊은 숲은 대와 잣나무 무성하고
고요한 경치에 티끌이 하나 없네
속인의 귀로 스님의 말씀을 듣고
근심에 슬픈 마음은 술잔을 드니
소연함은 어느 틈에 맑고 상쾌해
달빛은 더욱 환하게 와서 비치네

宿樂安郡禪院 (金敦時, ? ~1170)

偶到山邊寺　香煙一室開
林深惟竹栢　境靜絶塵埃
俗耳聞僧語　愁腸得酒盃
蕭然已淸爽　況有月華來

숙낙안군선원 (김돈시)

우도산변사　향연일실개
임심유죽백　경정절진애
속이문승어　수장득주배
소연이청상　황유월화래

• 낙안군 : 전라남도 승주군 낙안면
• 진애 : 티끌, 세상의 속된 것
• 소연 : 쓸쓸함

腸 창자 장 : 창자, 마음 / 蕭 쓸쓸할 소, 대숙 소
況 하물며 황, 상황 황

김해 객사에서 짓다

분성을 관할하기 어언 이십여 년
당시 부노들 반이나 티끌 되었네
서기로 시작해 대장군에 오른 이
손을 꼽자면 지금에 몇이나 될까

題金海客舍 (金得培, 1312~1362)

來管盆城二十春　當時父老半成塵
自從書記爲元帥　屈指如今有幾人

제김해객사 (김득배)

래관분성이십춘　당시부노반성진
자종서기위원수　굴지여금유기인

• 분성 : 김해 일대의 옛 이름
• 부노 : 한 동네에서 나이가 많은 남자 어른
• 자종 : 그 뒤로부터

爲 할 위 : 하다, 되다
屈 굽을 굴 : 굽다, 굽히다, 구부러지다

복주 영호루에서 짓다

산과 물은 모두가 예전에 보았듯 푸르고
누대 역시 소년 시절에 정취가 묻어나네
가련타 옛 고국의 풍류가 아직도 전해와
거문고 곡조를 수습해 내 심정을 달래네

題福州映湖樓 (金方慶, 1212~1300)

山水無非舊眼靑　樓臺亦是少年情
可憐故國遺風在　收拾絃歌慰我情

제복주영호루 (김방경)

산수무비구안청　누대역시소년정
가련고국유풍재　수습현가위아정

- 일본 정벌 길에 안동 영호루에서 지은 시
- 복주 : 지금의 안동
- 무비 : 아닌 것이 없이 모두
- 가련 : 불쌍함, 아름다움, 사랑스러움
- 현가 : 거문고를 타며 부르는 노래

감로사에서 차운하다

세인들이 오지 않는 곳을
오르니 한결 마음이 맑네
가을 산은 더욱 아름답고
강물은 밤에 외려 밝구나
하얀 새는 날아 가버리고
배는 외로이 홀로 떠가네
어쩌나 달팽이 뿔에 올라
반평생 공명 찾아 헤맸네

甘露寺次韻 (金富軾, 1075~1151).

俗客不到處　登臨意思淸
山形秋更好　江色夜猶明
白鳥高飛盡　孤帆獨去輕
自慚蝸角上　半世覓功名

감로사차운 (김부식)

속객부도처　등임의사청
산형추갱호　강색야유명
백조고비진　고범독거경
자참와각상　반세멱공명

• 감로사 : 원나라 윤주(潤州)에 있던 절
• 와각지쟁 : 달팽이 뿔 위에서 다툼

慚 부끄러울 참
覓 찾을 멱 : 찾다, 구하다

비단 궁궐

요임금 섬돌은 석 자로 낮았지만
은덕은 천 년이 지나도 남아있고
진시황 장성은 만 리를 넘었으나
이대도 못가 자손은 나라 잃었네
예나 지금이나 지난 역사 속에서
마땅히 보고 배워야 하는 것인데
수나라 황제는 어이 생각이 짧아
토목 공사에 모든 인력 허비했나

結綺宮 (金富軾, 1075~1151)

堯階三尺卑　千載餘基德
秦城萬里長　二世失基國
古今靑史中　可以爲觀式
隋皇何不思　土木竭人力

결기궁 (김부식)

요계삼척비　천재여기덕
진성만리장　이세실기국
고금청사중　가이위관식
수황하불사　토목갈인력

• 김부식이 묘청의 서경 천도를 반대하며 지은 시
• 청사 : 옛날에 중국에서 푸른 대나무에 역사를 기록한 것에서 유래
• 천재 : 천세(千歲)
• 수황 : 수나라 양제로 대운하를 건설함

竭 다할 갈 : 다하다, 끝나다 / 式 법 식 : 법, 제도, 본받다

관란사 누각에서

유월 더위가 사람에겐 찌는 듯하나
강루에는 종일 쾌청한 바람이 부네
산세와 물색은 전과 다름이 없지만
세속 인정이 때로는 다르기도 하네
거룻배는 맑은 거울 속을 지나가고
백로는 쌍쌍이 그림 속을 날아가네
어쩌리 세상사가 재갈과 굴레 같아
힘없는 대머리 노인을 놔주지 않네

觀瀾寺樓 (金富軾, 1075~1151)

六月人間暑氣融　江樓終日足淸風
山容水色無今古　俗態人情有異同
舴艋獨行明鏡裏　鷺鶿雙去畵圖中
堪嗟世事如銜勒　不放衰遲一禿翁

관란사루 (김부식)

유월인간서기융　강루종일족청풍
산용수색무금고　속태인정유이동
책맹독행명경리　로자쌍거화도중
감차세사여함륵　불방쇠지일독옹

- 관란사 : 개성에 있던 절
- 속태 : 고상하거나 아담스럽지 못한 모양
- 책맹 : 거룻배(돛 없는 작은 배) / • 로자 : 백로와 가마우지

融 화할 융 : 녹다, 성하다 / 禿 대머리 독 : 대머리, 민둥민둥하다
衰 쇠할 쇠 : 쇠하다, 늙다, 시들다 / 遲 더딜 지 : 굼뜨다

동궁에 부치는 입춘 시

새벽빛에 궁궐 누각은 밝아오고
봄바람에 버들 끝은 살랑거리네
계인은 아침이 밝았다 알리지만
이미 침문하러 임금님께 향했네

東宮春帖 (金富軾, 1072~1151)

曙色明樓角　春風着柳梢
雞人初報曉　已向寢門朝

동궁춘첩 (김부식)

서색명루각　춘풍착유초
계인초보효　이향침문조

• 춘첩 : 입춘에 대궐 기둥에 붙이던 주련(柱聯)으로 연잎과 꽃을 그린 종이에 축하 시를 써 붙였음
• 동궁 : 왕세자가 거하는 건물이나 왕세자를 가리키는 말
• 계인 : 궁중에서 날이 밝았음을 알리는 군졸
• 침문 : 태자가 아침마다 임금의 침실에 문안함

朝 아침 조 : 아침, 조정, (임금을)뵈다

안화사 치재

늦가을 뜰 앞에는 나무 그림자 짙고
고요한 밤 돌샘에 물소리 높이 들려
서늘함에 잠을 깨니 비가 오는 듯해
갈대 숲속 고깃배서 자던 기억 있네

安和寺致齋 (金富軾, 1075~1151)

窮秋影密庭前樹　靜夜聲高石上泉
睡起淒然如有雨　憶曾蘆葦泊漁船

안화사치재 (김부식)

궁추영밀정전수　정야성고석상천
수기처연여유우　억증노위박어선

- 안화사 : 개성에 있던 절
- 치재 : 제사나 불공을 드리기 위하여 재계(齋戒)하는 것

窮(窮) 다할 궁
睡 졸음 수 : 졸음, 잠, 자다
蘆 갈대 로(노) / 葦 갈대 위

강릉에서 풍악을 가는
안이라는 스님을 송별하며

강릉은 따듯하여 꽃이 먼저 피는데
풍악은 춥기에 눈이 녹지 않았다오
우습소 산수를 몹시 좋아하는 스님
어딜 가든 한동안 머물지 못하시니

江陵送安上人之楓岳 (金富儀, 1079~1136)

江陵日暖花先發　楓岳天寒雪未消
翻笑上人山水癖　未能隨處作逍遙

강릉송안상인지풍악 (김부의)

강릉일난화선발　풍악천한설미소
번소상인산수벽　미능수처작소요

- 상인 : 승려를 높여 일컫는 말
- 번소 : 도리어 우습다
- 수처 : 어느 곳을 가다
- 소요 : 자연 속에서 한가하게 즐김

癖 버릇 벽 : 버릇, 습관
翻 날 번 : 날다, 뒤집다, 도리어

도원도

돌기와에 붉은 난간 신선의 마을은
이내가 낀 냇가에 도화가 날린다니
지금 세상에 황당한 이야기 같지만
모든 것을 어부들이 좋아서 전했네

桃源圖 (金翔漢, 생몰 미상)

石瓦朱欄玉洞天　桃花亂落一溪烟
至今世上荒唐說　都在漁人好事傳

도원도 (김상한)

석와주란옥동천　도화난락일계연
지금세상황당설　도재어인호사전

- 도원 : 무릉도원
- 동천 : 신선이 사는 곳
- 이내 : 해 질 무렵 멀리 보이는 푸르스름하고 흐릿한 기운

都 도읍 도 : 도읍, 도시, 마을, 모두

경인년 중구절에

임금 계신 서울에 난리가 일어나
엉킨 마를 베듯이 사람을 죽이네
좋은 명절 보내기 참으로 아쉬워
노란 국화 탁주에 띄워서 마시네

庚寅重九 (金莘尹, 명종)

輦下干戈起　殺人如亂麻
良辰不可負　白酒泛黃花

경인중구 (김신윤)

연하간과기　살인여난마
양신불가부　백주범황화

• 중구 : 음력 9월 9일의 명절
• 연하 : 임금이 타는 수레 밑, 곧 서울
• 간과 : 싸움 또는 전쟁(정중부의 무신 난)
• 쾌도란마 : 칼로 헝클어진 삼 가닥을 자름
• 양신 : 좋은 날, 호시절

可負(가부) : 저버리다, 등지다 / 負 질 부 : 지다, 저버리다

임실 공관에서 짓다

노목과 덤불이 예부터 골짝을 뒤덮고
집마다 풀죽도 배불리 먹지 못하는데
산새는 군수의 근심을 모르고 있는지
오로지 숲속에서 제 맘대로 지저귀네

題任實公館 (金若水, 생몰 미상)

老木荒榛夾古溪　家家猶未飽蔬藜
山禽不識憂民意　惟向林間自在啼

제임실공관 (김약수)

노목황진협고계　가가유미포소려
산금불식우민의　유향임간자재제

- 우민 : 백성의 일을 근심함
- 자재 : 자유자재

榛 개암나무 진 : 개암나무, 덤불, 잡목의 숲
夾 낄 협 : 끼다, 좁다
向 향할 향 : 향하다, 나가다, 메아리치다
蔬 나물 소 : 나물, 푸성귀 / 藜 명아주 려 : 명아주

대동강

구름 걷힌 하늘이 물속에서 비치고
대동강 누각에 성대한 잔치 열렸네
청화한 빛은 장막 사이로 새어들고
모락모락 향불 연기 관현에 퍼지네
한줄기 긴 강물은 맑기가 거울이요
강변에 늘어진 버들 아련한 안개라
오가며 보았던 을밀대 앞에 풍정을
십여 년 경험에도 표현하지 못했네

大同江 (金緣, ? ~1127)

雲捲長空水映天　大同樓上敞華筵
淸和日色篩帘幕　旖旎香煙泛管絃
一帶長江澄似鏡　兩行垂柳遠如煙
行看乙密臺前景　自驗十年表未然

대동강 (김연)

운권장공수영천　대동루상창화연
청화일색사렴막　의니향연범관현
일대장강징사경　양행수류원여연
행간을밀대전경　자험십년표미연

- 관현 : 관악기와 현악기
- 의니 : 깃발 따위가 나부끼는 모양
- 미연 : 아직 그렇게 되지 않음

篩 체 사 : 체, (체로)치다 / 帘 발 렴, 발 염
敞 높을 창, 시원할 창 : 광대하다
旖 나부낄 의 / 旎 깃발 펄럭이는 모양 니

백마산을 호종하고 어제에 응해 글 짓다

어가를 따라 푸른 바닷길 찾아 나서며
옥피리 불어 구름 속으로 멀리 보내네
속세의 티끌이 한 점도 날아오지 않는
점점이 소라를 닮은 비가 그친 산이네

扈從白馬山應御製 (金永暾, ? ~1348)

翠葆行尋蒼海上　玉簫吹送白雲間
紅塵一片飛難到　萬點螺分雨後山

호종백마산응어제 (김영돈)

취보행심창해상　옥소취송백운간
홍진일편비난도　만점나분우후산

• 백마산 : 황해도 개풍군(해풍군)에 소재
• 호종 : 임금이 탄 수레를 호위하여 따르던 일
• 취보 : 임금의 어가(御駕)
• 창해 : 푸른 바다

扈 따를 호 : 따르다, 호종하다
葆 더부룩할 보 : (풀이)더부룩하다, 깃털 장식
螺 소라 라(나) : 소라, 고둥, 다슬기

가을을 보내며

갈바람이 불다 또 잦아들고
밝은 해는 어디로 돌아가나
섬돌에 귀또리 소리 끊기고
하늘에 기러기 드물게 나네
산은 응당 이별에 수척하고
가을을 보내려 잎은 날리네
세월은 오고 가며 변해가니
늙은 노인아 홀로 서럽구나

送秋 (金益精, ? ~1436)

西風吹欲盡　白日向何歸
砌下蛩音斷　天涯鴈影稀
山應臨別瘦　葉爲送行飛
來往光陰變　衰翁也獨悲

송추 (김익정)

서풍취욕진　백일향하귀
체하공음단　천애안영희
산응임별수　엽위송행비
내왕광음변　쇠옹야독비

• 광음 : 흘러가는 시간, 세월

砌 섬돌 체 : 섬돌(집채의 돌계단)
瘦 여윌 수 : 여위다, 파리하다
衰 쇠할 쇠 : 쇠하다, 쇠퇴하다, 늙다

제목 없음

강호 천리를 떠나오자
상로가 일시에 새롭고
수부에 벼슬을 하고서
오직 임금만을 그리네

失題 (金子粹, 1351~1413)

江湖千里別　霜露一時新
水部乘軺後　惟餘戀主身

실제 (김자수)

강호천리별　상로일시신
수부승초후　유여연주신

- 상로 : 서리와 이슬
- 수부 : 육조(六曹)의 하나로 공조(工曹)의 별칭
- 유여 : 다만, 오직

軺 수레 이름 초(요) : 수레 이름, 작은 수레

절명사

평생을 충과 효에 뜻을 두었는데
지금에 알아주는 이 어디 있으랴
죽음으로 나의 한을 풀려고 하니
저 하늘은 응당 나를 알아주겠지

絶命詞 (金子粹, 1351~1413)

平生忠孝意　今日有誰知
一死吾休恨　九原應有知

절명사 (김자수)

평생충효의　금일유수지
일사오휴한　구원응유지

• 구원 : 하늘

무설 스님에게

분분한 세상 옳고 그름 시비 가리다
십여 년 티끌에 내 옷이 더럽혀졌소
봄바람 불어와 꽃 지고 새가 우는데
청산 어디에 사립 걸고 홀로 계시오

寄無說師 (金齊顔, ? ~1368)

世事紛紛是與非　十年塵土汚人衣
落花啼鳥春風裏　何處靑山獨掩扉

기무설사 (김제안)

세사분분시여비　십년진토오인의
낙화제조춘풍리　하처청산독엄비

紛 어지러울 분 : 어지럽다, 분분하다
汚 더러울 오 : 더럽다, 나쁘다
掩 가릴 엄 : 가리다, 숨기다
扉 사립문 비 : 사립문, 문짝

삼일포 단서암

비와 갈에 새김은 예부터 많았지만
이끼와 티끌에 덮여 글이 와전되니
어찌 기나긴 세월을 손가락의 피로
물든 바위에 영원한 글씨만 하리오

三日浦丹書巖 (金孝印, ? ~1253)

刻碑鐫碣古猶多　蘚食塵侵字轉訛
爭似指頭千載血　一淪山石不消磨

삼일포단서암 (김효인)

각비전갈고유다　선식진침자전와
쟁사지두천재혈　일륜산석불소마

• 삼일포단서암 : 永郞徒南石行(영랑도남석행)의 6섯 글자
• 쟁사 : A가 어찌 B만큼 좋으랴
• 지두 : 손가락 끝 / • 일륜 : 물에 온통 잠긴
• 전와 : 와전되다

鐫 새길 전, 솔 휴 : 새기다, 조각하다, 깎다
碣 비석 갈 : 지붕 없이 윗부분이 둥그스름한 비석
猶 오히려 유 : 오히려, 가히

영호루

십여 년 전 유람으로 청량한 꿈에 젖었는데
다시 와도 물색은 사람 마음을 편하게 하네
칸을 사이에 두고 아버님 글과 함께 걸리니
어쩌나 우매한 이 아들의 만호 관직 발길을

映湖樓 (金忻, 1251~1309)

十載前遊入夢淸　重來物色慰人情
壁間奉繼嚴君筆　堪咤愚兒萬戶行

영호루 (김흔)

십재전유입몽청　중래물색위인정
벽간봉계엄군필　감타우아만호행

• 김흔 : 김방경의 자
• 엄군 : 남에게 자기의 아버지를 높여 이르는 말
• 만호 : 왜구의 침입 방어를 목적으로 수군에 설치한 만호
부의 관직

載 실을 재 : 싣다, 쌓다, 해, 년 / 忻 기쁠 흔
咤 꾸짖을 타 : 꾸짖다, 혀를 차다, 슬퍼하다, 개탄하다

한가하게 살다

냇가에 초막 짓고 홀로 한가하게 사니
밝은 달 청량한 바람에 즐거움이 있네
객은 오지 않지만 산중에 새가 속삭여
대밭에 평상을 놓고 누워서 책을 읽네

閒居 (吉再, 1353~1419)

臨谿茅屋獨閒居 月白風淸興有餘
外客不來山鳥語 移床竹塢臥看書

한거 (길재)

임계모옥독한거 월백풍청흥유여
외객불래산조어 이상죽오와간서

臨 임할 임 : 임하다, 내려다보다, 대하다
谿 시내 계 : 시내, 시냇물
塢 둑 오 : 후미진 곳, 둑, 제방

세상에 경종을 울리다

아침부터 애를 써 홍진으로 달려가니
머리가 세어도 늙었음을 어찌 알리요
명리란 사납게 불타는 재앙의 문이라
예로부터 불에 타죽은 자가 기천이네

警世 (懶翁, 1320~1376, 승)

終朝役役走紅塵 頭白焉知老此身
名利禍門爲猛火 古今燒殺幾千人

경세 (나옹)

종조역역주홍진 두백언지노차신
명리화문위맹화 고금소살기천인

• 역역 : 몸을 아끼지 않고 일에만 힘을 씀
• 종조 : 아침 내내, 종일
• 기천 : 천의 몇 배가 되는 수

警 경계할 경 : 경계하다, 깨우치다
禍 재앙 화 : 재앙, 화, 허물, 죄
燒 불사를 소 : 불사르다, 타다

일본에 사신으로 오다

천 년이나 오래된 나라 삼한의 사신으로
만 리에 파도를 조그만 배로 건너와서는
바다 동쪽에 머물다 세밑에 깜짝 놀라니
달빛이 적료한 산에 물속 누대가 밝구나

奉使日本 (羅興儒, 공민왕)

千年古國三韓使　萬里洪濤一葉舟
留滯海東驚歲暮　寂寥山月水明樓

봉사일본 (나흥유)

천년고국삼한사　만리홍도일엽주
유체해동경세모　적료산월수명루

• 적료 : 적적하고 고요하다

濤 물결 도 : 물결, 물결치다, 물결이 일다
滯 막힐 체 : 막히다, 유통되지 않다, 남다
寥 쓸쓸할 요 : 쓸쓸하다, 텅 비다, 휑하다

이차돈의 사당에서

천 리를 찾아와서 그대에게 묻네
청산에 홀로 몇 번째 봄이었냐고
불법 수행이 힘든 말세가 온다면
나 그대처럼 몸을 아끼지 않으리

厭髑舍人廟 (大覺國師, 1055~1101, 승)

千里歸來問舍人　靑山獨立幾經春
若逢末世難行法　我亦如君不惜身

염촉사인묘 (대각국사)

천리귀래문사인　청산독립기경춘
약봉말세난행법　아역여군불석신

• 염촉사인묘 : 박염촉(異次頓의 속명)의 사당
• 사인 : 벼슬 이름

영남루

물속 하늘을 누르는 금벽 밝은 누대를
옛날에 누가 이 봉우리 앞에다 지었나
낚싯대 잡은 어부는 빗소리도 못 듣고
십 리 산그늘 속을 사람들은 지나가네
난간에 낀 구름 무협의 새벽에 생기고
무릉 안개에서 나온 꽃잎 물에 떠가네
모래 위 갈매기 양관곡을 듣기만 하니
어찌 송별 자리에 깊은 수심을 알겠냐

嶺南樓 (都元興, 공민왕)

金碧樓明壓水天　昔年誰搆此峯前
一竿漁父雨聲外　十里行人山影邊
入檻雲生巫峽曉　逐波花出武陵煙
沙鷗但聽陽關曲　那識愁深送別筵

영남루 (도원흥)

금벽루명압수천　석년수구차봉전
일간어부우성외　십리행인산영변
입함운생무협효　축파화출무릉연
사구단청양관곡　나식수심송별연

- 영남루 : 경남 밀양 소재
- 금벽 : 금빛과 푸른빛
- 양관곡 : 당나라 왕유(王維)의 이별가(詩)

搆 얽을 구 : 얽다, (집을)짓다, 꾸미다, 헐뜯다
檻 남간 함 : 난간, 우리 / 峽 골짜기 협 : 골짜기

무주암에서 시를 짓다

이 땅은 본래 머물지 못하는데
그 누가 여기에 암자를 세웠나
다만 욕심 없는 사람은 한동안
쉬었다 가도 거리낄 일 없겠네

無住庵偈 (無己, 생몰 미상, 승)

此境本無住 何人起此堂
惟餘無己子 去來本無妨

무주암게 (무기)

차경본무주 하인기차당
유여무기자 거래본무방

• 무주암 : 지리산 소재
• 무기자 : 승려 본인(無己)

庵 암자 암 : 암자, 초막, 절
偈 쉴 게 : 쉬가, 휴식하다, 불시(佛詩), 승려의 글
己 몸 기 : 몸, 사욕

보문사 서편 누각

소나무 길을 갈도하며 멀리 스님 찾자
봄 끝에 산꽃은 가지에 반쯤이 남았네
공문서 더미 속에 몸은 절로 늙었어도
늘 꿈은 물과 구름의 고향으로 달렸네
선사를 찾아 매양 마음을 묻고자 하나
백성 고통을 어찌 의원이 손을 놓으리
노닐다 명승에 관한 시는 짓지 못하고
누각을 나서자 티끌이 나를 또 감싸네

普門社西樓 (朴孝修, ? ~1337)

松間喝道遠尋師　春盡山花半在枝
簿領堆邊身自老　水雲鄕裏夢常馳
祖禪每欲將心問　民瘼那堪放手醫
徙倚未能題勝景　俗塵還繞下樓時

보문사서루 (박효수)

송간갈도원심사　춘진산화반재지
부령퇴변신자노　수운향리몽상치
조선매욕장심문　민막나감방수의
사의미능제승경　속진환요하루시

• 갈도 : 큰 소리로 길 비키라며 통행을 통제하던 일
• 부령 : 공문서
• 민막 : 민폐, 백성의 고통
• 사의 : 한가롭게 걷다

瘼 병들 막 : 병들다, 앓다 / 徙 옮길 사 : 옮기다, 배회하다

달밤에 늙은 기생의 거문고 소리를 듣다

칠보단장 방에서 춤을 추며 노래할 적에
황량한 변방에서 늙을 줄 어이 알았으리
돈은 여유가 없어 장문부는 사지 못하고
꿈에 비단에 시를 수놓아 헛되이 전하네
눈물은 얼마나 오나라 비단 소맬 적셨나
훈향이 월나라 비단 치마에 젖어 있구나
달빛 창가에 들리는 쓸쓸한 거문고 소리
평생 알아주는 이 없어 한하는 듯하구나

月夜聞老妓彈琴 (朴孝修, ? ~1337)

七寶房中歌舞時　那知白髮老荒陲
無金可買長門賦　有夢空傳錦字詩
珠淚幾露吳練袖　薰香猶濕越羅衣
夜深窓月絃聲苦　只恨平生無子期

월야문노기탄금 (박효수)

칠보방중가무시　나지백발노황수
무금가매장문부　유몽공전금자시
주루기점오련수　훈향유습월라의
야심창월현성고　지한평생무자기

- 장문부 : 사마상여의 글
- 훈향 : 훈훈한 향기
- 종자기 : 춘추시대 거문고 명수 백아의 가락을 알아주던 절친

陲 변방 수 : 변방, 근처 / 練 익힐 련, 익힐 연, 누인 비단 련
袖 소매 수 : 소매, 소매에 넣다

촉석루

예전에 놀던 기억 더듬으며 올라와
강산에 답하려고 다시금 시를 짓네
나라는 어찌해 난세에 현인이 없나
술에 취하니 몸도 늙었음을 느끼네

矗石樓 (白文寶, 1303~1374)

登臨偏憶舊時遊　强答江山更覓詩
國豈無賢戡世亂　酒能撩我感年衰

촉석루 (백문보)

등임편억구시유　강답강산갱멱시
국기무현감세란　주능요아감년쇠

• 촉석루 : 진주 남강 바위 벼랑 위에 있음

戡 이길 감 : 이기다, 승리하다, 평정하다
覓 찾을 멱 : 찾다, 구하다
撩 다스릴 료 : 다스리다, 돋우다, 놀리다

방산사

빽빽한 나무 그늘 아래 물이 흐르고
한줄기 맑은 향이 돌 누각에 번지네
많은 이는 무척 더운 한낮을 맞지만
누워서 보니 소나무 위로 해가 뜨네

方山寺 (白文節, ? ~1282)

樹陰無罅小溪流　一炷淸香滿石樓
苦熱人間方卓午　臥看初日在松頭

방산사 (백문절)

수음무하소계류　일주청향만석루
고열인간방탁오　와간초일재송두

• 고열 : 견디기 힘든 더위
• 탁오 : 정오

罅 틈 하 : 빈틈, 틈새
炷 심지 주 : 심지, 자루(향촉을 세는 단위)
方 모 방 : 지금 한창

조강

작은 배로 떠나려니 저녁 조수 밀려와
강가에다 말을 매고 홀로 쓴웃음 짓네
언덕 저편 세상 물정은 언제나 끝나나
앞 사람 건너기 전 뒷사람 따라오는데

祖江 (白元恒, 충렬왕)

小舟當發晚潮催　駐馬臨江獨冷咍
岸上世情何日了　前人未渡後人來

조강 (백원항)

소주당발만조최　주마임강독냉해
안상세정하일료　전인미도후인래

• 조강 : 한강과 임진강이 만나는 하류의 강줄기

當 마땅 당 : 마땅, 밑바탕, 당하다, 곧 ~하려 하다
催 재촉할 최 : 재촉하다, 일어나다, 닥쳐오다
咍 비웃을 해 : 비웃다
渡 건널 도 : 건너다, 지나다

철관을 가며

철관성 아래로 길은 멀고 험한데
눈에 가득한 안개에 해는 기우네
남북으로 떠도니 봄은 다 지나고
말이 가는 곳에 해당화가 피었네

鐵關途中 (卞仲良, ? ~1398)

鐵關城下路岐賒　滿目煙波日又斜
南去北來春欲盡　馬頭開遍海棠花

철관도중 (변중량)

철관성하로기사　만목연파일우사
남거북래춘욕진　마두개편해당화

• 철관성 : 함경남도 덕원군에 있는 신라시대 성
• 연파 : 물결처럼 보이는 자욱하게 낀 연기

賒 세낼 사 : 세내다, 아득하다, 느리다
岐 갈림길 기 : 갈림길, 울퉁불퉁하다
斜 비낄 사 : 비끼다, 비스듬하다
遍 두루 편 : 두루, 모든

생각을 말하다

한양과 떨어진 오래고 신성한 도읍엔
충량함이 많아 현명한 임금을 도왔네
삼국통일 이룩한 공은 어디에 있는가
한하노라 예전 왕조의 업이 짧았음을

述懷 (徐甄, 공양왕)

千載神都隔漢陽　忠良濟濟佐明王
統三爲一功安在　却恨前朝業不長

술회 (서견)

천재신도격한양　충량제제좌명왕
통삼위일공안재　각한전조업부장

• 고려가 멸망한 뒤 금천(衿川)에서 지은 이 시를, 이조 공신
들이 허물로 죄를 묻기를 청했으나 태종이 만류함
• 천재 : 천 년의 세월
• 충량 : 충량하다(충성스럽고 선량함)
• 제제 : 많고 성(盛)함, 엄숙하고 장함
• 안재 : 어디에 있나

병으로 누워

홍진에 말에 올랐더니 반백이 되었고
병으로 능가산에 일찍이 와서 쉰다네
온 강에는 안개비요 서산은 저무는데
주렴은 늘 말아놓고 누각에 머문다네

臥病 (禪坦, 승, 고려 초중기)

鞍馬紅塵半白頭　楞伽有病早歸休
一江煙雨西山暮　長捲踈簾不下樓

와병 (선탄)

안마홍진반백두　능가유병조귀휴
일강연우서산모　장권소렴불하루

• 능가산 : 전남 부안 변산의 옛 이름

鞍 안장 안 : 안장
長 긴 장, 어른 장 : 길다, 항상, 우두머리
捲 거둘 권 : 거두다, 말다, 돌돌 말다
踈 트일 소 : 거칠다, 트이다
簾 발 렴 : 발, 주렴

여주 청심루에서 차운하다

손가락 끝에 만 가지 풍경이 펼치고
올라 보니 나도 몰래 자꾸 돌아보네
긴 강은 서쪽을 달려서 바다로 가고
북쪽 첩첩 능선은 낮은 산을 감싸네
그물에 놀란 고기 찬 빗속에서 뛰고
세속 잊은 백로는 안갯속에 서 있네
한평생 공명의 힘든 길 벗어나 사는
푸른 삿갓 쓴 어옹이 절로 한가하네

驪興淸心樓次韻 (薛文遇, 광종)

萬景森羅指點端　登臨不覺屢回顔
長江西去赴蒼海　複嶺北來圍淺山
透網魚跳寒雨裏　忘機鷺立暝煙間
一生脫却功名累　靑蒻漁翁也自閑

여홍청심루차운 (설문우)

만경삼라지점단　등림불각루회안
장강서거부창해　복령북래위천산
숙망어도한우리　망기로립명연간
일생탈각공명루　청약어옹야자한

- 여홍 : 여주 옛 지명
- 삼라 : 숲의 나무처럼 무척 많이 벌려 서 있음
- 청약립 : 푸른 갈대로 만든 갓

透 통할 투, 놀랄 숙 : 꿰뚫다, 통하다, 놀라다
暝 저물 명 : 저물다, 어둡다 / 蒻 부들 약 : 부들

영성을 지나 흥얼대며 짓다

구름 깊은 모랫길은 티끌이 하나 없고
융단 같은 푸른 풀이 말굽에 흩어지네
오월의 영성은 서늘해 차가운 물 같고
비가 내리는 어둑한 산에 두견새 우네

過營城口號 (偰遜, ? ~1360)

雲深沙路淨無泥　碧草如茵散馬蹄
五月營城涼似水　冥冥山雨杜鵑啼

과영성구호 (설손)

운심사로정무니　벽초여인산마제
오월영성양사수　명명산우두견제

- 영성 : 군사가 머무는 진영 일대에 쌓은 성
- 명명 : 어두컴컴하다

泥 진흙 니 : 진창, 수렁, 진흙
茵 자리 인 : 자리, 수레 안에 까는 자리, 풀 이름
冥 어두울 명 : (날이)어둡다, 어리석다

산중에 비를 퍼붓다

밤새도록 산중에는 비를 퍼붓고
초가지붕 띠풀에 바람이 불었네
냇물이 얼마큼 불었나 모르지만
다만 고깃배가 높아짐을 알겠네

山中雨 (偰遜, ? ~1360)

一夜山中雨　風吹屋上茅
不知溪水長　只覺釣船高

산중우 (설손)

일야산중우　풍취옥상모
부지계수장　지각조선고

茅 띠 모 : 띠, 띳집(띠로 지붕을 이는 집)
釣 낚을 조 : 낚시, 낚시하다, 유혹하다

삼월 그믐에 바로 짓다

싱그런 푸른 보리에 가지런히 자란 밀
눈 같은 버들꽃 피고 살구꽃은 드무네
바람을 타고 새는 나를 스치듯 오르고
먼 하늘 구름이 기러기 날기를 배우네
맑은 빛이 좋기에 이내 취하고 싶지만
문득 봄날이 다 지나갈까 근심이 되네
비단 안장에 옥 굴레는 많이도 가는데
멀리 고운 석양에 쓸쓸히 읊으며 가네

三月晦日卽事 (偰遜, ? ~1360)

大麥靑靑小麥齊　柳花如雪杏花稀
風前一鳥打人起　天際孤雲學鴈飛
轉愛淸光卽欲醉　却愁春事便相違
錦韉玉勒紛紛滿　日暮遙憐獨詠歸

삼월회일즉사 (설손)

대맥청청소맥제　유화여설행화희
풍전일조타인기　천제고운학안비
전애청광즉욕취　각수춘사변상위
금천옥륵분분만　일모요련독영귀

• 천제 : 하늘의 끝

晦 그믐 회 : 그믐
學 배울 학 : 배우다, 흉내 내다 / 便 편할 편, 문득 변
違 어긋날 위 : 어긋나다, 멀어지다, 달아나다
韉 언치 천 : 언치(안장 밑에 까는 깔개)

수자리 병졸 아낙의 다듬질하는 노랫말에서 (1)

휘영청 천상에 밝게 뜬 달이
길고 긴 이 가을밤을 비추고
슬픈 서북의 거센 바람 부니
귀뚜라미 내 침상 곁에 우네
임은 멀리 고달픈 길을 떠나
천한 몸 홀로 빈방을 지키나
방이 허전타 한할 일 있으랴
옷이 없어 떨 그대를 그리네

擬戍婦擣衣詞 1 (偰遜, ? ~1360)

皎皎天上月　照此秋夜長
悲風西北來　蟋蟀鳴我床
君子遠行役　賤妾守空房
空房不足恨　感子寒無裳

의수부도의사 1 (설손)

교교천상월　조차추야장
비풍서북래　실솔명아상
군자원행역　천첩수공방
공방부족한　감자한무상

• 교교 : 달이 휘영청 밝음
• 행역 : 여행(旅行)의 괴로움

擬 헤아릴 의 : 헤아리다, 견주다, 의심하다, 향하다
擣 찧을 도 : 찧다, 찌르다
戍 수자리 수 : 수자리(변방을 지키는 일)
皎 달밝을 교 : 달이 밝다, 희다 / 子 아들 자 : 남자, 당신(當身)

수자리 병졸 아낙의 다듬질하는 노랫말에서 (2)

휘영청 천상에 밝은 달이여
옥문관을 부디 비추지 마라
쇠창과 창이 서로 부딪치면
한밤에 갈포 옷이 서늘하다
임께서 이별을 고할 적에는
어찌 돌아오기 힘들 줄이야
서성이다 잠시 서편을 보니
이내 마음 한없이 무너지네

擬戍婦擣衣詞 2 (偰遜, ? ~1360)

皎皎天上月　休照玉門關
金戈相磨戛　中夜絺綌寒
良人昔告別　豈謂歸路難
徘徊一西望　令我摧心肝

의수부도의사 2 (설손)

교교천상월　휴조옥문관
금과상마알　중야치격한
양인석고별　기위귀로난
배회일서망　영아최심간

- 옥문관 : 관북(關北), 함경도 지방의 요새
- 마알 : 갈고 두드리다
- 치격 : 발을 곱게 짜거나 굵게 짠 갈포(葛布)
- 양인 : 남편과 아내가 서로를 가리키는 말
- 심간 : 심장과 간장, 깊은 마음속
휴 명령할 령, 하여금 령 / 戛 창 알 : 창, 부딪는 소리
摧 꺾을 최 : 꺾이다, 슬퍼하다

수자리 병졸 아낙의 다듬질하는 노랫말에서 (3)

천상에 달이 휘영청 밝아오며
한밤에 휘장을 열고 들어오네
다듬잇돌은 맑은 이슬에 젖고
다듬이 소리에 슬픔이 넘치네
어이 저녁에 일을 그만두리오
수자리 그대는 언제나 오실까
시름에 잠을 이루기는 어렵고
어찌해야 구름 타고 날아가나

擬戍婦擣衣詞 3 (偰遜, ? ~1360)

皎皎天上月　中宵入羅帷
白露裛淸碪　音響有餘悲
敢辭今夕勞　游子何時歸
沈憂不能寐　焉得凌雲飛

의수부도의사 3 (설손)

교교천상월　중소입라유
백로읍청침　음향유여비
감사금석로　유자하시귀
침우불능매　언득능운비

• 능운 : 구름을 해칠 만큼 용기, 구름까지 오르다

帷 휘장 유 : 휘장, 덮다, 가리다
裛 향내 밸 읍 : 향내(香-)가 배다, 적시다
碪 다듬잇돌 침 : 다듬잇돌
凌 업신여길 릉 : 업신여기다(陵), 능가하다

수자리 병졸 아낙의 다듬질하는 노랫말에서 (4)

규방에서 명주를 고이 두드려
옷 만드니 눈서리같이 뽀얗네
글을 봉해 변방으로 보내려니
그중에 눈물은 피가 되어있네
혼인을 하고서 시댁에 들어가
끝내는 오직 하나 절개이거늘
어이하여 이내 몸은 박명한지
그대와 오래도록 떨어져 사나

擬戍婦擣衣詞 4 *(偰遜, ? ~1360)*

擣擣閨中練　裁縫如霜雪
緘題寄邊庭　中有淚成血
婦人得所歸　終始惟一節
云胡妾薄命　與君長相別

의수부도의사 4 (설손)

도도규중련　재봉여상설
함제기변정　중유루성혈
부인득소귀　종시유일절
운호첩박명　여군장상별

• 종시 : 마지막과 처음
• 변정 : 변방 관청
練 익힐 련 : 익히다, 단련하다, 누인 명주
裁 마를 재 : (옷을)마르다, (글, 옷을)짓다
緘 봉할 함 : 봉하다, 묶다 / 縫 꿰멜 봉
胡 되 호, 오랑캐 호 : 오랑캐, 어찌 / 歸 돌아갈 귀 : 시집가다

수자리 병졸 아낙의 다듬질하는 노랫말에서 (5)

기럭기럭 구름 속에 기러기
날며 우니 꽤나 애처로운데
임은 어이해 편지도 없나요
소식 적어 부칠까 망설이오
원하건대 서로 함께 애쓰고
천한 몸 모자라도 품어주오
그대 진실로 충성을 다하면
첩은 감히 규방에서 죽으리

擬戍婦擣衣詞 5 (偰遜, ? ~1360)

嗈嗈雲間鴈　飛鳴亦何哀
豈無一書札　欲寄復徘徊
願言各努力　賤妾不足懷
君亮執精忠　妾當死中閨

의수부도의사 5 (설손)

옹옹운간안　비명역하애
기무일서찰　욕기부배회
원언각노력　천첩부족회
군량집정충　첩당사중규

• 정충 : 순수하고 한결같은 충성

嗈 새소리 옹 : 새소리, 기러기가 짝을 지어 울다
札 편지 찰 : 편지, 공문서, 패
亮 밝을 량 : 밝다, 돕다, 미쁘다, 진실로
懷 품을 회 : 품다, 감싸다, 마음, 생각

버들가지

늘어진 버들을 꾀꼬리가 흔들자
버들솜 날아가며 나비를 따르네
본래가 안온함을 꾀하지 않으니
어찌해야 떠나갈 마음을 잡을까

柳枝詞 (偰長壽, 1341~1399)

垂綠鶯來擺　飄綿蝶去隨
本無安穩計　爭得繫離思

류지사 (설장수)

수녹앵래파　표면접거수
본무안온계　쟁득계리사

• 설장수 : 고려 말기 문신, 위구르족 출신의 귀화인으로 설
손의 아들
• 안온 : 조용하고 편안함

垂 드리울 수 : 드리우다, 기울다
擺 열 파, 흔들 파
飄 나부낄 표 : 나부끼다, 방랑하다

늙은 어부

헛된 명성에 애써가며 바쁠 일 없기에
평생을 물 따라 구름 따라 돌아다녔네
따듯한 봄 너른 호수에 안개 자욱하고
예스런 가을 언덕에 달이 배를 비추네
세속에 출세하고 푼 마음 꿈에도 없어
푸른 도롱이에 부들 갓 쓰고 사노라니
한 곡조 뱃노래 그중에도 풍취가 있어
내 어이 세상에 높은 벼슬 부러워하리

漁翁 (偰長壽, 1341~1399)

不爲浮名役役忙　生涯追逐水雲鄕
平湖春暖煙千里　古岸秋高月一航
紫陌紅塵無夢寐　綠蓑靑蒻共行藏
一聲欸乃歌中趣　那羨人間有玉堂

어옹 (설장수)

불위부명역역망　생애추축수운향
평호춘난연천리　고안추고월일항
자맥홍진무몽매　녹사청약공행장
일성예애가중취　나선인간유옥당

- 역역 : 몸을 아끼지 않고 일에 힘을 씀
- 자맥 : 번화한 길, 출셋길　/　· 행장 : 진로, 진퇴
- 풍취 : 훌륭하고 멋진 경치, 격조에 맞는 멋
- 예애 : 느릿느릿 노 젓는 소리
- 옥당 : 홍문관에 벼슬
欸 노 젓는 소리 예 / 乃 이에 내, 노 젓는 소리 애

고기잡이 배

그물을 올리니 고기가 뛰고
배를 돌리니 노가 가볍구나
붉은 여뀌꽃 언덕에 이르니
죽지가 부르는 소리 들리네

漁艇 (偰長壽, 1341~1399)

擁網羣魚急　回舟一棹輕
却從紅蓼岸　齊唱竹枝聲

어정 (설장수)

옹망군어급　회주일도경
각종홍료안　제창죽지성

• 제창 : 여러 사람이 부름

艇 배 정 : (작은)배, 거룻배(돛 없는 작은 배)
擁 낄 옹 : 끼다, 가지다, 안다, 들다
羣 무리 군 : 무리, 떼, 동아리
從 좇을 종 : 다가가다
蓼 여뀌 료 : 여뀌(마디풀과 한해살이풀)

바로 짓다

봄이 얼마나 깊었지 잘은 모르나
마침 복사꽃이 난만히 핌을 보네
노니는 한 쌍의 나비는 그냥그냥
꽃이 좋아서 가다 다시 돌아오네

即事 (偰長壽, 1341~1399)

不知春色深多少　秪見桃花爛熳開
遊蝶一雙無意緒　愛花飛去却飛來

즉사 (설장수)

부지춘색심다소　지견도화난만개
유접일쌍무의서　애화비거각비래

秪 다만 지 : 다만, 때마침
爛 빛날 난 : 빛나다, 밝다, 화려하다
熳 빛날 만 : 빛나다
緒 실마리 서 : 실마리, 마음

봄날의 느낌

멀리 편평한 들판은 끝없이 넓고
맑은 강물은 깊기에 흐르지 않네
비가 그치자 목동은 피리를 불고
거센 바람에 떠가는 배가 드무네
나비 한 마리가 꽃으로 날아들고
오리 한 쌍이 물가에서 떠다니네
이제금 마음에 남은 한은 없기에
공연히 중선이 오른 누를 오르네

春日感遇 (偰長壽, 1341~1399)

逈野平無際　澄江深不流
雨餘多牧笛　風急少行舟
一蝶穿花去　雙鳧就渚浮
此時無恨意　空在仲宣樓

춘일감우 (설장수)

형아평무제　징강심불유
우여다목적　풍급소행주
일접천화거　쌍부취저부
차시무한의　공재중선루

• 중선루 : 중선이 자주 올랐던 악양루(岳陽樓)
• 중선 : 위나라 시인으로 조조가 위 왕이 되자 시중(侍中)으
로서 제도개혁에 진력함

穿 뚫을 천 : 뚫다, 관통하다 / 鳧 오리 부 : 오리, 물오리, 들오리
在 있을 재 : 있다, 찾다, 방문하다

봄빛

봄빛은 가히 천지에 왔는데
강회는 아직도 전쟁 중이네
시와 씨름하며 세월 보내니
세상 공명쯤 부럽지 않다네
눈에 들어오는 것은 없어도
청산은 정이 있음을 보이니
그저 탁주와 마음이 맞으면
아이 불러 술잔을 기울이네

春色 (偰長壽, 1341~1399)

春色可天地　江淮猶甲兵
漫依詩歲月　不羨世功名
白眼如無見　青山似有情
濁醪聊適意　時復喚兒傾

춘색 (설장수)

춘색가천지　강회유갑병
만의시세월　불선세공명
백안여무견　청산사유정
탁료료적의　시부환아경

• 강회 : 양자강과 회수
• 갑병 : 갑옷의 병사
• 탁료 : 막걸리 / • 적의 : 마음에 맞음

羨 부러워할 선 : 부러워하다, 탐내다
傾 기울경 : 기울이다, 기울다

강릉 동헌

나그네로 떠도는 날도 쉬이 저물어가고
섣달그믐 강성 하늘에 함박눈이 내리네
돌아가고픈 꿈과 구름은 영을 넘어가고
벼슬길에 근심은 끝없는 바다와 같구나
요동치는 파도 소리가 침상에 요란하고
허공에 신기루를 바라보니 연기와 같네
경포대에 차를 다리던 부엌도 쓸쓸하니
이제금 선인을 만나려면 어디로 향하나

江陵東軒 (宋因, 공양왕)

客程容易送餘年　臘盡江城雪滿天
歸夢共雲常過嶺　宦愁如海不知邊
濤聲動地來喧枕　蜃氣浮空望似煙
鏡浦臺空茶竈冷　更於何處擬逢仙

강릉동헌 (송인)

객정용이송여년　납진강성설만천
귀몽공운상과령　환수여해부지변
도성동지래훤침　신기부공망사연
경포대공다조냉　갱어하처의봉선

• 화랑들이 경포대에서 차를 끓이던 아궁이가 있었다 전함
• 귀몽 : 고향으로 돌아가는 꿈
• 신기루 : 옛사람들은 큰 조개(蜃)가 뿜어내는 기운이라 생각했음

臘 섣달 납 : 섣달, (승려가 득도한 이후의)햇수
竈 부엌 조 : 부엌, 부엌 귀신 / 擬 헤아릴 의 : 향하다

벼슬을 버리고 귀향해서

낮엔 밭 갈고 소일하며 지내고
약초 캐다 푸른 봄날을 보내네
산과 물이 좋은 곳에 사노라니
이 몸은 영광도 욕됨도 없다네

棄官歸鄕 (申淑, ? ~1160)

耕田消白日　採藥過靑春
有山有水處　無榮無辱身

기관귀향 (신숙)

경전소백일　채약과청춘
유산유수처　무영무욕신

• 소일 : 하는 일 없이 세월을 보냄

棄 버릴 기 : 버리다, 그만두다
耕 밭갈 경 : 밭을 갈다, 힘쓰다, 노력하다
辱 욕될 욕 : 욕되다, 더럽히다

까치 소리를 듣다

시골집에 오디 익고 보리 패면
붉은 담장 녹수를 향해서 울지
어이해 황량한 촌락 적막한 땅
숲에서 때때로 몇 번씩 우느냐

聞鵲 (神駿, 고려 후기, 승)

田家椹熟麥梢成　宜向紅墻綠樹鳴
何事荒村寥落地　隔林時送兩三聲

문작 (신준)

전가심숙맥초성　의향홍장녹수명
하사황촌요락지　격림시송양삼성

• 홍장 : 궁궐이나 부귀한 집의 담장

鵲 까치 작 : 까치
椹 오디 심 : 오디, 버섯
梢 나뭇가지 끝 초 : 나뭇가지의 끝, 말단, 꼬리
宜 마땅 의 : 마땅히, 마땅히 ~하여야 한다

외나무다리

긴 줄기가 베어져 여울에 걸쳤는데
급물살에 서리 뿌리고 눈이 날리네
잠시나마 걸음이 깊은 뜻에 이르자
공명의 벼슬길에 옮겨 놓고 본다네

木橋 (辛蕆, ? ~1339)

斫斷長條跨一灘　濺霜飛雪帶驚瀾
須臾步步臨深意　移向功名宦路看

목교 (신천)

작단장조과일탄　천상비설대경란
수유보보임심의　이향공명환로간

• 경란 : 거친 물결
• 수유 : 잠시(暫時) / • 이향 : ~로 가다

斫 벨 작 : 베다, 자르다
跨 타넘을 과 : 넘다, 넘어가다
濺 흩뿌릴 천 : 흩뿌리다
帶 띠 대 : 띠, 두르다, 띠다, 근처

평해 동헌에서

마을 곳곳에 꽃은 붉고 녹음이 짙어가
말고삐 놓고 비가 그친 들판을 찾았네
성곽을 휘감은 긴 개천은 고향과 같고
산 아래 대나무 숲은 누구네 동산인가
남들은 벼슬을 먼저 하여 채찍 드는데
한 많은 나그네의 길 자리마저 차갑네
다행히 짬을 내어 낮잠을 자려 누우니
먼 숲에 자고새가 쉬지 않고 지저귀네

平海東軒 (辛蕆, ? ~1339)

亂紅濃綠遍村村　信馬平蕪雨後原
繞郭長川如故里　倚山脩竹問誰園
宦途幾見鞭先着　客路多懘席未溫
幸得餘閑欹午枕　隔林無數鷓鴣喧

평해동헌 (신천)

난홍농녹편촌촌　신마평무우후원
요곽장천여고리　의산수죽문수원
환도기견편선착　객로다참석미온
행득여한기오침　격림무수자고횐

- 평해 : 경북 울진 지역의 옛 지명
- 고리 : 고향
- 수죽 : 밋밋하게 자란 가늘고 긴 대

濃 짙을 농 : 짙다 / 蕪 거칠 무 : 거칠다, 어지럽다
脩 포 수, 쓸쓸할 소 : 육포, 길다
鞭 채찍 편 : 채찍, 채찍질하다

2장

느낌이 있어

곳곳에는 향불 밝혀 모두들 부처님께 빌고
집집마다 풍악에 극진히 신께 제를 올리나
오직 두서너 칸의 허름한 공자님 사당에는
봄풀만 뜰에 가득하고 인적 없어 적막하네

有感 (安裕, 생몰 미상)

香燈處處皆祈佛　絲管家家盡祀神
唯有數間夫子廟　滿庭春草寂無人

유감 (안유)

향등처처개기불　사관가가진사신
유유수간부자묘　만정춘초적무인

- 향등 : 부처에 바치는 등
- 사관 : 거문고와 피리
- 부자묘 : 공자를 모신 사당

皆 다 개 : 다, 모두
祈 빌 기 : (신에게)빌다, 기원하다
祀 제사 사 : 제사, 제사 지내다

등주 고성에서 회고하다

저물어 성곽에 올라 옛날을 회고하니
단풍과 황국이 눈에 가득한 가을이네
다가올 화가 담장에 숨었음을 모르고
바다 섬에다 의지하는 계략만 세웠네
오래된 무덤엔 풀이 무정하게 자랐고
십 리 안개바람에 갈매기만 유신하네
북녘을 보자니 공허한 탄식이 나오고
오랑캐의 피리 소리에 수심에 잠기네

登州古城懷古 (安軸, 1282~1348)

暮天懷古立城頭　赤葉黃花滿眼秋
不覺蕭墻藏近禍　惟憑海島作深謀
百年丘隴無情草　十里風煙有信鷗
遙望朔方空歎息　一聲羌笛使人愁

등주고성회고 (안축)

모천회고입성두　적엽황화만안추
불각소장장근화　유빙해도작심모
백년구롱무정초　십리풍연유신구
요망삭방공탄식　일성강적사인수

- 등주 : 함남 안변군(安邊郡)의 고려시대 행정구역
- 화기소장 : 재앙이 담장 안에서 일어남
- 심모 : 깊이 꾀함 / ・풍연 : 멀리 공중에 서린 흐릿한 기운
- 유신 : 믿음성이 있음 / ・바다 섬 : 강화도

羌 오랑캐 강 : 오랑캐

장연 금사사

산 아래는 금사사가 바다와 접해있어
백구와 황학이 함께 어울려 배회하네
문전에 파도 소리 우레처럼 장쾌하고
난간 곁으로 백사장엔 잔설이 남았네
바람결에 고운 소리 솔숲에서 나오고
빗속에 해당화 붉은 비단같이 피었네
남편들 흥취야 예나 지금이나 똑같아
절경을 찾아온 사람들 돌아가지 않네

長淵金沙寺 (延鏡, 문종)

寺在水窮山盡處　白鷗黃鶴共徘徊
鯨波接戶晴雷壯　沙岸連軒晚雪堆
風裏綠琴松籟發　雨中紅錦海棠開
阿郎有興同今古　探勝遊人趂未廻

장연금사사 (연경)

사재수궁산진처　백구황학공배회
경파접호청뢰장　사안연헌만설퇴
풍리녹금송뢰발　우중홍금해당개
아랑유의동금고　탐승유인진미회

• 금사사 : 황해도 장연 해안방(海安坊)에 있던 절
• 경파 : 고래 등 같은 파도
• 녹금 : 푸른 숲이 내는 소리를 거문고에 비유
• 송뢰 : 송풍(松風)
• 아랑 : 여인이 남편이나 애인을 친근하게 일컫는 애칭
趂 쫓을 진(연)

침류정 (1)

넓은 여강에 먼 용문이 다가올 듯하고
언덕 저편 어등에 마을이 있음 알겠네
농부는 밤에 돌아와 아무런 말이 없이
다만 벼가 들판에 가득하길 빌고 있네

題枕流亭 1 (廉興邦, ? ~1388)

驪江渺渺控龍門　隔岸漁燈認遠村
田父夜歸無雜語　但祈禾稼滿郊原

제침류정 1 (염흥방)

여강묘묘공용문　격안어등인원촌
전부야귀무잡어　단기화가만교원

• 침류정 : 여주 금사리 강변에 있었던 고려 말 정자
• 여강 : 여주 강 / • 용문 : 용문산
• 교원 : 교외의 들

稼 심을 가 : (곡식을)심다, 곡물, 농작물
禾 벼 화

침류정 (2)

높고 낮은 보리밭과 못물은 가득하고
황량하고 쓸쓸한 촌락이 강가에 있네
속된 세상 남북으로 어지러운 일들을
모래밭 흰 새에게 조근조근 알려주네

題枕流亭 2 (廉興邦, ? ~1388)

麥壠高低水滿池　荒村寂寂傍江湄
紅塵南北紛紜事　說與沙頭白鳥知

제침류정 2 (염흥방)

맥농고저수만지　황촌적적방강미
홍진남북분운사　설여사두백조지

• 설여 : 알기 쉽게 설명하다

壠 언덕 롱 : 언덕, 밭두둑, 무덤
湄 물가 미 : 물가(물이 있는 곳의 가장자리)
紛 어지러울 분 : 어지럽다, 번잡하다
紜 어지러울 운 : 어지럽다, 왕성하다

침류정 (3)

금사에 벼슬 않고 사는 거사의 침류정
버들 그늘이 무더운 기운을 맑게 하네
귀를 씻고 티끌 세상사 듣지를 않으니
다만 졸졸 작은 소리 개울에서 들리네

題枕流亭 3 (廉興邦, ? ~1388)

金沙居士枕流亭　楊柳陰陰暑氣晴
洗耳不聞塵世事　潺湲只有小溪聲

제침류정 3 (염홍방)

금사거사침류정　양류음음서기청
세이불문진세사　잔원지유소계성

• 염홍방 : 매관매직과 양민을 괴롭혀 우왕, 최영, 이성계
에게 처형 됨
• 금사 : 여주 금사리
• 금사거사 : 염홍방 자신을 지칭

潺 졸졸 흐를 잔 : 졸졸 흐르다, 졸졸 흐르는 소리
湲 흐를 원 : (물이)흐르다, 졸졸 흐르는 모양

강나루

드넓은 강은 자욱한 봄 안개로 침침한데
낚싯대 잡고 홀로 앉았으니 밤이 깊었네
미끼에 걸려든 잔챙이 기껏해야 몇 마리
십여 년을 덧없이 자라만 낚을 생각했네

江頭 (吳洵, 충숙왕)

春江無際暝煙沈　獨把漁竿坐夜深
餌下纖鱗知幾箇　十年空有釣鰲心

강두 (오순)

춘강무제명연침　독파어간좌야심
이하섬린지기개　십년공유조오심

• 강두 : 강가에 나루터
• 공유 : 공연히, 부질없이

餌 미끼 이 : 먹이, 미끼
纖 가늘 섬 : 가늘다, 작다, 가냘프다
鱗 비늘 린 : 비늘, 물고기, 비늘이 있는 동물
鰲 자라 오 : 자라

연자루

가야의 찬란한 역사가 몇 해를 지났나
쓸쓸히 금빛 현판에 허연 먼지 덮였네
다만 초현대 위에는 높은 달이 떠가며
맑은 빛이 여직 고금의 사람을 비추네

燕子樓 (王康, ? ~1394)

伽倻勝事幾經春　寂寞金徽掩素塵
只有招賢臺上月　清光猶照古今人

연자루 (왕강)

가야승사기경춘　적막금휘엄소진
지유초현대상월　청광유조고금인

• 가야의 번성을 회상하며 고려 왕조의 몰락을 한탄함
• 초현대 : 경상남도 김해읍 어방리 소재

徽 아름다울 휘 : 아름답다
掩 가릴 엄 : 가리다, 숨기다
素 흴 소, 본디 소 : 희다, 본디, 바탕, 성질

영호루

영남 땅을 다년간 호탕하게 유람하며
산과 호수의 경치를 더없이 사랑했네
방초 나루에 나그네 여행길은 갈리고
버들이 늘어진 둑으로 농가가 보이네
잔잔한 수면에 검푸른 안개가 걸렸고
오래된 담장에 토화가 많이도 자랐네
비 그친 들판에서 격양가가 들려오고
숲 저편에 밀려있는 떼배를 바라보네

映湖樓 (禹倬, 1262~1342)

嶺南遊蕩閱年多　最愛湖山景氣加
芳草渡頭分客路　綠楊堤畔有農家
風恬鏡面橫煙黛　歲久墻頭長土花
雨歇四郊歌擊壤　坐看林杪漲寒槎

영호루 (우탁)

영남유탕열년다　최애호산경기가
방초도두분객로　녹양제반유농가
풍염경면횡연대　세구장두장토화
우헐사교가격양　좌간임초창한사

- 영호루 : 경상북도 안동시 정하동에 있는 정자
- 격양가 : 땅을 다지며 태평함을 부르는 노래
- 토화 : 곰팡이

恬 편안할 념(렴) / 黛 눈썹먹 대 : 눈썹먹, 검푸른 빛
漲 넘칠 창 : 물결치다
寒 찰 한 : 엉성하다, 중지하다 / 槎 나무 벨 차, 떼 사

봄날 산에서 묵다

안개 자욱한 지난밤 촌가에 비가 오더니
대밭 곁에는 복사꽃 홀연히 붉게 피었네
취하여 귀밑머리에 눈 내린 줄도 모르고
꽃송이 꺾어서 머리에 꽂고 동풍을 맞네

山居春日 (王伯, 1277~1350)

村家昨夜雨濛濛　竹外桃花忽放紅
醉裏不知雙鬢雪　折簪繁蕚立東風

산거춘일 (왕백)

촌가작야우몽몽　죽외도화홀방홍
취리부지쌍빈설　절잠번악입동풍

• 몽몽 : (비, 안개가)자욱하다

濛 가랑비 올 몽 : 가랑비가 오다, 흐릿하다
放 놓을 방 : (꽃이)피다
裏 속 리 : 속, 안쪽
鬢 살쩍 빈 : 살쩍(관자놀이와 귀 사이에 난 머리털)
簪 비녀 잠 : 비녀, 꽂다 / 蕚 꽃받침 악 : 꽃받침

그냥 읊다

주렴 걷어 산의 형색을 들여오고
대통을 이어 물소리 나누어 듣네
아침 내내 찾아오는 사람 뜸한데
두견새만 절로 제 이름을 부르네

雜詠 (圓鑑, 고종, 승)

捲箔引山色 連筒分澗聲
終朝少人到 杜宇自呼名

잡영 (원감)

권박인산색 연통분간성
종조소인도 두우자호명

• 간성 : 골짜기에서 흐르는 물소리
• 두우 : 소쩍새, 두견이과에 속한 새

捲 거둘 권, 말 건 : 거두다, 말다, 돌돌 감다
箔 발 박 : 발(簾), 주렴
筒 대통 통 : 대통, 통발

병중에 글을 쓰다

오랜 절에 가을이 깊어 나뭇잎은 누렇고
높은 바람에 하늘은 정히 맑고 선선하네
한가해 거리낄 일 없이 늙어감도 좋지만
병이 가둬놓은 듯 해가 길어짐을 알겠네
서리에 세 가지 장삼을 서둘러 찾아놓고
쓸쓸한 방에서 오직 향로 하나만 대하네
나물 반찬에 담백한 맛도 모르는 사미놈
산차를 다려와 나더러 맛을 보라고 하네

病中言志 (圓鑑, 고려 후기, 승)

古寺秋深木葉黃　風高天色正蒼凉
閑無檢束甘年老　病似拘囚覺日長
霜冷急尋三事衲　室空唯對一爐香
沙彌不解蔬餐淡　來點山茶勸我嘗

병중언지 (원감)

고사추심목엽황　풍고천색정창량
한무검속감년노　병사구수각일장
상냉급심삼사납　실공유대일로향
사미불해소찬담　내점산다권아상

- 풍고 : 늦가을 바람 / • 검속 : 행동에 제약
- 삼사납 : 납(衲)은 중이 입는 가사를 말하며, 삼사는 5, 7, 9(條)조의 가사를 말함
- 점다 : 찻잎을 그릇에 담고 끓는 물을 부어 우림
衲 기울 납 : 깁다, 승려, 승려의 장삼
甘 달감 : 달다, 만족하다

민급암에게 부치다

피리 소리에 강마을은 매화가 지고
서편 장안을 바라보니 해가 기우네
밤나무골 예전 집에 버들이 있지만
누구네 집에 봄이 있는지 모르겠네

寄閔及菴 (元松壽, 1324~1366)

笛聲江郡落梅花　西望長安日已斜
栗里舊居楊柳在　不知春色屬誰家

기민급암 (원송수)

적성강군낙매화　서망장안일이사
율리구거양유재　부지춘색속수가

• 홍건적 난으로 개경을 떠난 심정을 읊어 처남에게 보낸 시

屬 무리 속, 이을 촉 : 무리, 동아리

홍약해를 이별하다

나그네 고향 가고픈 생각이 나니
소소히 서리 맞은 나뭇잎 날리네
기쁘게 버선 끈을 겨우 매어주나
이별의 슬픔에 옷은 이미 젖었네
송별 자리 쓸쓸히 나무에 기대니
떠나가는 배에 저녁 해가 빛나네
먼 유람을 비록 싫어하진 않지만
꿈속에 넋은 부모님 곁을 감도네

送洪若海 (元松壽, 1323~1366)

客子起鄉思　蕭蕭霜葉飛
歡迎纔結襪　惜別已霑衣
祖席依寒樹　歸舟帶夕暉
遠遊雖不惡　魂夢繞庭闈

송홍약해 (원송수)

객자기향사　소소상엽비
환영재결말　석별이점의
조석의한수　귀주대석휘
원유수불악　혼몽요정위

- 정위 : 부모님 거처
- 조석 : 송별연의 자리

襪 버선 말 : 버선, 허리띠
祖 조상 조 : 조상, 송별연을 열다
暉 빛 휘 : 빛, 광채, 빛나다 / 闈 문 위 : 문, 대궐, 안방

안정당의 시골 생활에서 차운하다

동네 골짝 안에 녹야당 짓고 사니
세상 티끌 고운 강에 오지 못하네
새로운 시는 많고 집 앞은 산이요
논에 물 넘치니 온 집안이 즐겁네
양편 언덕 버들 앞에 실바람 불고
연못 위 밝은 달이 연꽃을 비추네
다만 술에 몸이 무사하길 바랄 뿐
이름 떨쳐 만 년을 전해 무엇하리

次安政堂村居韻 (元松壽, 1323~1366)

綠野堂開洞裏天　世塵終不染江烟
新詩滿眼山當戶　喜氣渾家水潋田
兩岸微風楊柳外　一池明月藕花前
但敎有酒身無事　安用垂名動萬年

차안정당촌거운 (원송수)

녹야당개동리천　세진종불염강연
신시만안산당호　희기혼가수렴전
양안미풍양유외　일지명월우화전
단교유주신무사　안용수명동만년

- 안정당(안목) : 고려 말기 문신
- 혼가 : 한 집안 온 식구

烟 연기 연 : 연기, 안개 아리땁다
新 새 신 : 새롭다, 친하다
潋 물 넘치는 모양 렴 : 물이 넘치는 모양
藕 연뿌리 우 / 安 편안 안 : 어찌, 어디에
動 움직일 동 : 전하다, 옮기다

123

조남당의 시를 차운하다 (1)

소싯적엔 늙기 전 한가롭길 원했는데
벼슬길이 쉽게도 고운 홍안 덜어가니
임금의 은덕을 갚은 뒤에 돌아간다면
내 눈은 청산을 마주하지 못하겠구나

次曹南堂韻 1 (元松壽, 1324~1366)

少日心期未老閑　宦情容易損紅顏
君恩報了方歸去　吾眼無由對碧山

차조남당운 1 (원송수)

소일심기미로한　환정용이손홍안
군은보료방귀거　오안무유대벽산

• 환정 : 벼슬을 하고픈 마음

宦 벼슬 환 : 벼슬 관직, 내시, 환관

조남당의 시를 차운하다 (2)

십여 년을 돌아다니니 여유라곤 없고
홍진에 안색을 편이할 거처가 없구나
어제는 강물이 넘친다 얼핏 들었는데
언제쯤 쪽배라도 타고서 고향에 가나

次曹南堂韻 2 (元松壽, 1324~1366)

十載馳驅尙未閑　紅塵無處得怡顏
似聞昨日江流漲　何日扁舟向故山

차조남당운 2 (원송수)

십재치구상미한　홍진무처득이안
사문작일강유창　하일편주향고산

• 치구 : 말이나 수레 따위를 타고 달림, (남의 일을 위하여)
바삐 돌아다님
• 고산 : 고향

載 실을 재 : 싣다, (머리에)이다, 해, 년
怡 기쁠 이 : 기쁘다, 즐겁다
顏 얼굴 안 : 얼굴, 안색

양구읍을 들르다

부서진 집에 새들은 서로 우짖고
백성은 달아나 아전 또한 없구나
해가 가면 갈수록 폐단은 더하니
즐겁고 기쁜 날을 언제나 맞을까
논밭 떼기 다 세도가의 것이라고
문전엔 포학한 무리가 줄을 서니
남아 있는 사람들 더욱 불쌍한데
힘든 고생 결국 누구의 허물인가

過楊口邑 (元天錫, 1330~?)

破屋鳥相呼　民逃吏亦無
每年加弊瘼　何日得歡娛
田屬權豪宅　門連暴虐徒
子遺殊可惜　辛苦竟何辜

과양구읍 (원천석)

파옥조상호　민도이역무
매년가폐막　하일득환오
전속권호택　문연포학도
혈유수가석　신고경하고

• 폐막 : 고치기 어렵게 된 폐단
• 혈유 : 약간의 나머지, 단 하나 남은 것
• 가석 : 애석하다

子 외로울 혈 : 외롭다, 작다, 조그마하다, 짧다
竟 마침내 경 : 드디어, 끝 / 辜 허물 고 : 허물, 재난, 환란

새 왕조

해동 천지에 큰 터전을 열었으니
삼강오상 정돈하기 참 좋은 때라
사대를 이은 왕손 지금의 태조가
고려가 망한 뒤에 삼한의 땅에서
능침을 쓸고 새로운 명을 펼치며
조반도 정돈해 옛 의식을 고치니
이 뒤로 타국도 성함을 알아주어
사신으로 다녀도 힘든 줄 모르네

新國 (元天錫, 1330~?)

海東天地啓鴻基　整頓綱常適値期
四代王孫今太祖　三韓國土後高麗
掃淸陵寢敷新命　刪定朝班改舊儀
從此異邦投盛化　梯山航海不知疲

신국 (원천석)

해동천지계홍기　정돈강상적치기
사대왕손금태조　삼한국토후고려
소청능침부신명　산정조반개구의
종차이방투성화　제산항해부지피

• 사대 : 목조(고조), 익조(증조), 도조(조부), 환조(부친)
• 능침 : 능(陵) / • 산정 : 다듬어 정리하다
• 조반 : 조회에 참여하는 벼슬아치가 줄 서는 차례
• 제산항해 : 산을 넘고 바다를 건넌다는 뜻. 즉 다른 나라
에 사신으로 간다는 말
投 던질 투 : 던지다, 받아들이다

입춘

세월은 날아가는 새처럼 빠르고
들판에는 또다시 토우가 보이네
인정은 손으로 구름을 만들기요
세사는 머리를 헤집는 눈보라네

立春 (元天錫, 1330~?)

歲月如飛鳥　郊原又土牛
人情雲覆手　世事雪飜頭

입춘 (원천석)

세월여비조　교원우토우
인정운복수　세사설번두

> • 토우 : 입춘 전날 문밖에 세워 농사를 권장하고 풍년을 기리기 위해 흙으로 만든 소
> • 번수 : 손바닥을 위로
> • 복수 : 손바닥을 아래로
> • 번수작운복수우(翻手作雲覆手雨) : 손바닥을 위로 젖혀 구름 만들고 아래로 뒤집어 비를 만듦
>
> 覆 다시부, 덮을 복

술을 금하다

도연명이 차를 즐기는 객이 되자
고양에 술꾼들 다시 모이지 않네
산새는 나라의 법령을 알지 못해
숲에서 때때로 술병 들라 권하네

酒禁 (元天錫, 1330~?)

已敎元亮爲茶客　無復高陽會酒徒
山鳥不知邦國令　隔林時復勸提壺

주금 (원천석)

이교원량위다객　무부고양회주도
산조부지방국령　격림시부권제호

• 원량 : 도연명
• 고양지 : 도연명이 술을 먹고 놀던 연못
• 국령 : 금주령
敎 가르칠 교 : ~로 하여금 ~하게 함
邦 나라 방 : 나라, 수도
提 끌 제 : 끌다, (손에)들다

영통사 서편 누각

바위 샘 한줄기가 굽이져 숲을 지나고
늙은 나무는 처마에 푸른 그늘 더하네
가을 오자 절문 앞은 더욱 산뜻해지고
구름이 다시 끼니 솔 언덕이 그윽하네
이끼 비석엔 많은 옛 자취가 전해오고
회벽에다 새로 지은 시를 이제 써보네
한동안 앉아 있으니 정신은 더욱 맑고
경쇠 소리가 달을 흔드는 밤이 어둡네

靈通寺西樓 (月窓, ? ~1234, 승)

巖泉一派曲通林　老樹當軒積翠陰
秋至洞門偏灑落　雲還松嶺轉幽深
苔碑勝迹傳從昔　素壁新詩記自今
坐久精神更淸爽　磬聲搖月夜沉沉

영통사서루 (월창)

암천일파곡통림　노수당헌적취음
추지동문편쇄락　운환송령전유심
태비승적전종석　소벽신시기자금
좌구정신갱청상　경성요월야침침

- 영통사 : 황해도 개풍군 용흥동에 소재
- 쇄락 : 개운하고 깨끗함
- 쇄락 : 쇠약(衰弱)하여 말라서 떨어짐

派 갈래 파 : (물)갈래, 갈라지다 / 軒 집 헌 : 집, 추녀, 난간
勝 이길 승, 견딜 승 : 이기다, 견디다, 지나치다
從 좇을 종 : 좇다, 따르다, 오래다, 세로, 남북

벽란도

오랜 강호의 약속을 등지고
홍진에 이십 년을 보냈더니
백구도 비웃으려 하는 듯이
짐짓 누각 가까이서 노니네

碧瀾渡 (柳淑, 1324~1368)

久負江湖約　紅塵二十年
白鷗如欲笑　故故近樓前

벽란도 (유숙)

구부강호약　홍진이십년
백구여욕소　고고근루전

• 벽란도 : 황해도 예성강 하류에 있던 고려시대 나루

負 질 부 : (짐을)지다, 떠맡다, 저버리다

보령현에 묵으며

한낮이 돼서야 해풍현을 떠나
초라히 밤늦게 보령에 닿았네
바람에 대숲이 울어 깨어보니
천둥비가 행로를 멈추게 하네
저녁 안개에 머리가 무겁더니
아침에 뼛골은 잠시 가볍구나
비로소 알겠으니 늙고 병들자
다만 흐리고 맑음은 점친다네

宿保寧縣 (兪升旦, 1168~1232)

晝發海豐縣　侵宵到保寧
竹鳴風警寢　雲泣雨留行
暮靄頭仍重　朝暾骨乍輕
始知身老病　唯解卜陰晴

숙보령현 (유승단)

주발해풍현　침소도보령
죽명풍경침　운읍우유행
모애두잉중　조돈골사경
시지신노병　유해복음청

• 모애 : 저녁 안개
• 음청 : 흐린 날과 갠 날

侵 침노할 침 : 범하다, (행색이)초라하다
警 깨우칠 경, 경계할 경 : 깨닫다, 경계하다, 조심하다
靄 아지랑이 애 / 暾 아침 해 돈 : 아침 해, 해가 처음 돋다

조상국의 독락원

붉은 글씨 현액에 이끼가 덮이고
한낮에 선경을 병 속에다 숨겼네
청량한 기쁨을 객과 함께 즐겨도
참된 즐거움 오직 마음에 달렸네
뜰에 오는 비는 파초부터 울리고
비가 그친 동산에 초목은 안개요
복사꽃 떠오는 물길이 하도 멀어
무릉에 오던 배가 다시 돌아가네

趙相國獨樂園 (兪升旦, 1168~1232)

蘚刻丹書額　壺藏白日仙
淸歡雖共客　眞樂獨全天
庭雨蕉先響　園晴草自煙
桃花流水遠　回却武陵船

조상국독락원 (유승단)

선각단서액　호장백일선
청환수공객　진낙독전천
정우초선향　원청초자연
도화유수원　회각무릉선

蘚 이끼 선 : 이끼
額 이마 액 : 이마(앞머리), 현판
壺 병 호 : 병, 술병
雖 비록 수 : 비록, 아무리 ~하여도
天 하늘 천 : 하늘, 자연, 의지, 성질

혈구사

가까운 곳이지만 열흘 먼 길이요
하늘은 낮아 지척 지간 이웃같네
비가 내리는 한밤에도 달을 보고
바람이 부는 낮에도 티끌이 없네
초하루 그믐 조수로 책력을 삼고
추위와 더위는 풀로서 때를 아네
세사는 창과 방패의 전쟁 중이라
감히 구름에 누운 선인을 바라리

穴口寺 (兪升旦, 1168~1232)

地縮兼旬路　天低近尺隣
雨宵猶見月　風晝不躋塵
晦朔潮爲曆　寒暄草記辰
干戈看世事　堪羨臥雲人

혈구사 (유승단)

지축겸순로　천저근척린
우소유견월　풍주부제진
회삭조위력　한훤초기신
간과간세사　감선와운인

- 혈구사 : 강화도 혈구산에 있었던 절
- 겸순 : 순을 겸한다는 뜻의 열흘 이상 걸린다는 말
- 한훤 : 날씨의 춥고 더움에 대하여 말하는 인사

縮 줄일 축 : 오그라들다, 모자라다
躋 오를 제 : 오르다, 승진하다
記 기록할 기 : 기록하다, 기억하다

의릉을 호종하고 행원에서 잔치하다

붉은 주렴에 비를 뿌리고 술잔이 넘치니
비파 한 곡조에 선왕의 은덕을 생각하네
성 남쪽을 두루 봄빛이 따사롭게 감쌈은
의당 임금이 동산 여기 계시기 때문이네

從毅陵宴杏園 (尹澤, 1289~1370)

雨灑紅簾酒滿樽　檀槽一曲感皇恩
城南春色皆圍繞　應爲東君在此園

종의릉연행원 (윤택)

우쇄홍렴주만준　단조일곡감황은
성남춘색개위요　응위동군재차원

• 의릉 : 충숙왕 능으로 개성 남쪽 용수산에 있다고 추정함
• 단조 : 비파(박달나무 단, 비파의 바탕나무 조)
• 동군 : 봄의 신(神), 임금

毅 굳셀 의 : 굳세다, 강인하다
灑 뿌릴 쇄 : (물을)뿌리다, 깨끗하다, 소재하다
圍 에워쌀 위 : 에워싸다 / 繞 두를 요 : 두루다

관동에 사신으로 가다 두견이 울음 듣다

여관방 등잔불에 남은 심지를 돋우니
사신의 풍미가 외려 중보다 담백한데
창밖에 밤새도록 들리는 두견이 소리
산꽃 어느 나뭇가지에서 울고 있는지

奉使關東聞杜鵑 (李堅幹, 고려 말기)

旅館挑殘一盞燈　使華風味澹於僧
隔窓杜宇終宵聽　啼在山花第幾層

봉사관동문두견 (이견간)

여관도잔일잔등　사화풍미담어승
격창두우종소청　제재산화제기층

• 봉사, 사화 : 사신

挑 돋을 도 : 돋우다
殘 남을 잔, 잔인할 잔
盞 잔 잔 : 술잔, 잔, 등잔
宵 밤 소 : 밤, 초저녁

길을 가다 비를 피하며

길가에 녹음이 우거진 느티나무 저택
솟을대문도 응당 자손 위해 세웠으리
근년에 집주인이 바뀌니 마차는 없고
오직 행인만이 비를 피하려 들어오네

途中避雨有感 (李穀, 1298~1351)

甲第當街蔭綠槐　高門應爲子孫開
年來易主無車馬　唯有行人避雨來

도중피우유감 (이곡)

갑제당가음록괴　고문응위자손개
년래역주무거마　유유행인피우래

- 이곡 : 목은 이색의 부
- 갑제 : 크고 넓게 아주 잘 지은 집
- 연래 : 여러 해 전부터
- 역주 : 주인이 바뀌다

槐 회화나무 괴 : 느티나무, 삼정승(영의, 우의, 좌의정)
避 피할 피 : 피하다, 벗어나다, 면하다

한강이 얼어 건너다

모래 언덕에 여관이 무척이나 쓸쓸해
처마 밑에서 북두성을 자주 바라보네
한밤에 질풍은 지붕을 부술 듯하더니
흐르던 강물은 얼어서 다리가 되었네
문득 생각하니 사람 마음이란 소심해
말의 다리가 튼튼하다고 자랑을 않고
벌벌대며 강을 건너와서 절로 웃으니
돌아가 어부 초부로 늙기보다 못하네

氷渡漢江 (李穀, 1298~1351)

沙頭逆旅正蕭條　幾傍虛簷望斗杓
半夜疾風吹破屋　一江流水凍成橋
須臾便見人心小　尋丈休誇馬足驕
過了畏途還自笑　不如歸去老漁樵

빙도한강 (이곡)

사두역려정소조　기방허첨망두표
반야질풍취파옥　일강류수동성교
수유편견인심소　심장휴과마족교
과료외도환자소　불여귀거노어초

• 역려 : 여관, 나그네 / • 수유 : 잠시(暫時) : 臾 잠깐 유
• 편견 : 쉬며 바라보다
• 심장 : 한 길(사람 키), 심은 8자, 장은 10자로 지금 기준으로 1자는 대략 20cm 정도 임

杓 북두 자루 표 : 북두 자루(북두칠성의 자루 부분)
驕 교만할 교 : 교만하다, 씩씩하다, (말이)굳세다

눈 내린 밤 술을 조금 하다

세밑에 겨우 내린 상서로운 눈에
따듯한 겨울 온화함을 잃지 않네
누구인가 새벽에 눈을 밟는 소리
꽃무늬 새 발자국은 많기도 하네
예전에 모은 재산은 책상에 책뿐
집에 갈 기약에 낚시도 어긋났네
화로에 둘러앉은 이 모두 객인데
어쩌나 술값이 모자라 큰일 났네

雪夜小酌 (李穀, 1298~1351)

臘近纔呈瑞　冬溫不失和
履聲人起早　篆迹鳥留多
舊業餘書榻　歸期誤釣蓑
擁爐俱是客　奈欠酒錢何

설야소작 (이곡)

납근재정서　동온부실화
이성인기조　전적조유다
구업여서탑　귀기오조사
옹로구시객　내흠주전하

• 서설 : 상서로운 눈 / • 증서 : 상서가 나타나다
• 구업 : 예전부터 모은 재산
臘 섣달 랍 : 섣달, (승려가 득도한 이후의)햇수
纔 재주 재, 겨우 재 : 겨우, 조금, 잠깐
篆 전자 전 : 전자(篆字)로 쓰다, 전자체, 꽃무늬
蓑 도롱이 사 : 도롱이(비옷) / 欠 하품 흠 : 하품, 빚, 부채, 부족하다

예성강에서 바람에 막히다

산에 살면 호랑이 표범이 두렵고
물에 가면 교룡과 이무기가 싫네
살다 보면 안식처가 많지가 않고
팔꿈치 밑에 퍼런 서슬 번득이네
험하고 편안함 어느 것에 처해도
내 운명이라 믿음이 또한 낫겠네
서둘러 빨리 가길 고집해 원하여
머물다 느리 감에 역시 인색하네
해와 달은 강물처럼 흘러서 가고
백 년 세월이 참으로 한순간이라
시를 지어 뱃노래에 화답을 하니
날이 새면 바람도 절로 순하겠지

禮成江阻風 (李穀, 1298~1351)

山居畏虎豹　水行厭蛟蜃
人生少安處　肘下生白刃
不如從險易　天命且自信
速行固訴願　遲留亦何吝
日月江河流　百年眞一瞬
作詩相棹歌　明當風自順

예성강조풍 (이곡)

산거외호표 수행염교신
인생소안처 주하생백인
불여종험이 천명차자신
속행고소원 지유역하린
일월강하유 백년진일순
작시상도가 명당풍자순

• 신기루 : 옛 사람들은 대조개(蜃)가 뿜어내는 기운이라 생각했음
• 백인 : 서슬이 번쩍이는 칼
• 험이 : 험난함과 평탄함

從 따를 종 : 따르다, 근심하다
肘 팔꿈치 주
阻 막힐 조
蜃 큰 조개 신 : 큰 조개, 대합, 이무기
吝 아낄 린 : 아끼다, 인색하다
瞬 깜짝할 순 / 棹 노 도, 책상 탁

제비

처마 앞에서 마주하고 얘기하며
객지에서 벗처럼 서로 의지했네
세상인심 따라가는 나의 신세라
하늘과 땅에서 도움은 미미하네
둥지를 짓고서 또다시 버려두고
새끼는 자라서 제각기 날아가네
제비가 보이면 슬픔은 더해가니
올해도 고향에 돌아가지 못하네

鷰 (李穀, 1298~1351)

簷前相對語　客裏故相依
身世炎凉近　乾坤羽翼微
巢成還棄去　雛長各分飛
見爾增悲慨　今年又未歸

연 (이곡)

첨전상대어　객리고상의
신세염량근　건곤우익미
소성환기거　추장각분비
견이증비개　금년우미귀

- 객리 : 객지에 있는 동안
- 우익 : 새의 날개, 보좌하는 일
- 비개 : 슬퍼하고 개탄함

巢 새집 소 : 새의 집, 둥지, 보금자리 / 故 연고 고 : 사유, 벗
還 돌아올 환, 돌 선 : 돌아오다, 다시, 도리어
雛 병아리 추 : 병아리, 새의 새끼, 아이

낙제하여 급제자에 글을 주다

밝은 해가 금방을 훤히 비추니
청운에 길 작은 초막에 솟는데
그 누가 알리 광한궁의 월계수
아직도 남은 가지 하나 있을지

下第贈登第者 (李公遂, 1308~1366)

白日明金榜　靑雲起草廬
那知廣寒桂　尙有一枝餘

하제증등제자 (이공수)

백일명금방　청운기초려
나지광한계　상유일지여

- 하제 : 과거에 낙방함
- 등제 : 과거에 급제함
- 금방 : 과거에 급제한 사람의 이름을 쓴 방(榜)
- 청운 : 높은 이상이나 벼슬
- 광한 : 달 속에 항아(姮娥)가 산다는 광한궁

廬 농막집 려 : 농막집, 주막
桂 계수나무 계 : 월계수, 계적(과거 급제자의 명부)

감로사

꿩이 날아오르는 듯 아름다운 누대를
청산이 감싸주고 물이 겹겹이 둘렸네
햇빛에 서리꽃은 가을 이슬을 더하고
해기가 구름에 닿아 노을에 흩어지네
기러기는 우연히 글자를 이루어 날고
백로와 가마우지 절로 그림같이 나네
미풍 없는 강물은 거울처럼 보이기에
노상에 행인은 그림자 보며 돌아가네

甘露寺 (李奎報, 1168~1241)

金碧樓臺似翥翬　靑山環繞水重圍
霜華炤日添秋露　海氣干雲散夕霏
鴻雁偶成文字去　鷺鷀自作畫圖飛
微風不起江如鏡　路上行人對影歸

감로사 (이규보)

금벽누대사저휘　청산환요수중위
상화소일첨추로　해기간운산석비
홍안우성문자거　로자자작화도비
미풍불기강여경　노상행인대영귀

- 감로사 : 경기도 개풍군에 있었던 절
- 상화 : 서리꽃

翥 날아오를 저 : 날아오르다, 날아오르는 모양
翬 훨훨 날 휘 : 훨훨 날다, 꿩, 날개
鷀 가마우지 자 : 가마우지

강에 저녁 비가 내리다

사람들이 떠나간 강 언덕에 백로가 날고
해가 저물어 어옹은 고기 들고 돌아가네
가볍고 옅은 구름이 어찌 비가 되랴마는
해기가 하늘을 가려 부슬비 되어 내리네

江上晚雨 (李奎報, 1168~1241)

江岸人歸白鷺飛　漁翁日暮得魚歸
輕雲薄薄那成雨　海氣干天偶作霏

강상만우 (이규보)

강안인귀백로비　어옹일모득어귀
경운박박나성우　해기간천우작비

• 우작 : 우연히 만듦

那 어찌 나 : 어찌, 어찌하여
干 방패 간 : 방패, 막다, 범하다

달밤 강에서 객선을 보며

관인은 한가히 대금을 비껴 잡아 불고
방석은 거센 바람 타고 날아갈 듯하네
천상에 둥근 달을 천하가 함께 하는데
제 것인 양 배에다가 싣고서 가는구나

江上月夜望客舟 (李奎報, 1168~1241)

官人閒捻竹橫吹　蒲席凌風去似飛
天上月輪天下共　自疑私載一船歸

강상월야망객주 (이규보)

관인한염죽횡취　박석능풍거사비
천상월윤천하공　자의사재일선귀

- 관인 : 벼슬자리에 있는 사람
- 횡취 : 입에 가로 대고 부는 피리
- 포석 : 부들방석

捻 비틀 넘 : 비틀다, 비꼬다
凌 업신여길 능 : 업신여기다, 능가하다, 심하다
疑 의심할 의 : 의심하다, 짐작하다, 헛갈리다

146

용담사를 지나다

습한 기운 싸늘히 얇은 옷에 엄습하고
맑은 강 물줄기는 쪽빛보다 더 푸르네
버들은 도령 문전 다섯 그루보다 많고
산은 바다 위 우강의 삼산보다 멋지네
물과 하늘 서로 닿아 위아래 혼미하고
구름안개 걷히니 동남쪽을 알 수 있네
쓸쓸히 배를 잠시 모래 언덕에 매려니
마침 서역 중이 작은 암자에서 나오네

過龍潭寺 (李奎報, 1168~1241)

水氣凄凉襲短衫　清江一帶碧於藍
柳餘陶令門前五　山勝禺强海上三
天水相連迷俯仰　雲烟始卷占東南
孤舟暫繫平沙岸　時有胡僧出小庵

과용담사 (이규보)

수기처량습단삼　청강일대벽어람
유여도령문전오　산승우강해상삼
천수상연미부앙　운연시권점동남
고주잠계평사안　시유호승출소암

• 도령 : 도잠(陶潛), 도연명(陶淵明), 고향에 돌아와 뜰에 버
드나무 다섯 그루 심고 오류선생전을 지었음
• 우강 : 북해에 있다는 신으로 바다에 세 산을 옮겼다 전함
(봉래, 영주, 방장의 삼신산)
• 호승 : 인도나 서역의 승려

襲 엄습할 습 : 엄습하다

개여울

청명한 새벽 용포를 나섰는데
저녁에야 견탄에 배를 세우네
얍삽한 구름은 석양을 가리고
괴석은 거센 물결을 막아주네
수국에 가을은 빨리도 서늘해
선실에 밤은 무척이나 춥지만
강산은 진정 그림보다 좋기에
그림을 본다고 말하지 마시오

犬灘 (李奎報, 1168~1241)

淸曉發龍浦　黃昏泊犬灘
點雲欺落日　狠石捍狂瀾
水國秋先冷　船亭夜更寒
江山眞勝畫　莫作畫圖看

견탄 (이규보)

청효발용포　황혼박견탄
힐운기낙일　한석한광란
수국추선냉　선정야갱한
강산진승화　막작화도간

灘 여울 탄 : 여울, 모래톱
點 약을 힐(할)
狠 사나울 한, 원한을 품을 항
捍 막을 한 : 막다, 방어하다

148

• 용담사(육로) → 충주 용포(뱃길) → 견탄(용원사에서 앞
쪽에 시 두 편을 짓다)

구품사

산이 험해 말은 자주 뒤뚱대고
길은 멀어 사람 또한 피곤하네
때론 놀란 다람쥐 풀숲에 숨고
새는 벌써 자려 가지에 앉았네
휑한 누각에 가을이 일찍 오고
높은 봉우리로 달은 더디 뜨네
중은 한가하여 할 일이 없다네
다만 차를 다릴 때를 제하고는

九品寺 (李奎報, 1168~1241)

山險馬頻蹶　路長人易疲
驚鼯時入草　宿鳥已安枝
虛閣秋來早　危峯月上遲
僧閑無一事　除却點茶時

구품사 (이규보)

산험마빈궐　로장인이피
경오시입초　숙조이안지
허각추래조　위봉월상지
승한무일사　제각점다시

• 제각 : 있는 사물이나 현상을 없애 버림
• 점다 : 찻잎을 그릇에 담고 끓는 물을 부어 우림

蹶 넘어질 궐 : 넘어지다, 거꾸러뜨리다
鼯 날다람쥐 오 : 날다람쥐

저녁 풍경을 바라보다

이백과 두보를 읊고 나니
하늘 땅 모두가 적막하네
강과 산은 절로 한가롭고
조각달 하늘 높이 걸렸네

晚望 (李奎報, 1168~1241)

李杜啁啾後　乾坤寂寞中
江山自閑暇　片月掛長空

만망 (이규보)

이두주추후　건곤적막중
강산자한가　편월괘장공

• 이두 : 이백(李白)과 두보(杜甫)

啁 비웃을 조, 새소리 주
啾 어린애 작은 소리 추

북산잡영 (1)

산사람은 함부로 다니지 않기에
오래된 오솔길이 이끼에 덮였네
아마도 세속 사람을 두려워함은
녹라월에 나를 속일까 해서겠지

北山雜詠 1 (李奎報. 1168~1241)

山人不浪出　古逕蒼苔沒
應恐紅塵人　欺我綠蘿月

북산잡영 1 (이규보)

산인불랑출　고경창태몰
응공홍진인　기아녹라월

• 송풍나월 : 솔숲에 부는 바람과 담쟁이덩굴 사이로 비친
달의 뜻으로 운치 있는 경치를 말함

浪 물결 랑 : 물결, 함부로, 유랑하다
蘿 쑥 라 : 쑥, 울타리, 담쟁이
恐 두려울 공 : 두렵다, 염려하다, 아마도
我 나 아 : 나, 우리, 이 시에서는 산사람

북산잡영 (2)

산꽃이 그윽한 골짝에 피어
산중에 봄을 알리려 하지만
꽃이 피고 짐을 살폈었던가
아마 스님은 선정에 들었네

北山雜詠 2 (李奎報, 1168~1241)

山花發幽谷　欲報山中春
何曾管開落　多是定中人

북산잡영 2 (이규보)

산화발유곡　욕보산중춘
하증관개락　다시정중인

• 하증 : 언제 ~한 적이 있었느냐
• 개락 : 꽃이 피고 떨어짐
• 다시 : 아마도 ~이다, 때마침

管 대롱 관, 주관할 관 : 피리, 대롱, 주관하다

북산잡영 (3)

산중에 사는 스님 마음을 떠보려고
문에 들어가 술주정을 미리 했지만
끝내는 반가움도 성냄도 보지 못해
진정 고상한 인사임을 이제 알았네

北山雜詠 3 (李奎報, 1168~1241)

欲試山人心　入門先醉羈
了不見喜慍　始覺眞高士

북산잡영 3 (이규보)

욕시산인심　입문선취비
요불견희온　시각진고사

• 고사 : 뜻이 크고 세속에 물들지 않은 사람

羈 성낼 비
慍 성낼 온
了 마칠 료 : 마치다, 끝내다, 전혀

눈 내린 뒤 벗을 방문했지만

눈빛이 새하얀 종이 같아서
채찍 들어 이름을 써놓으니
바람아 부디 지우지 말아라
주인 올 때까지 기다려주렴

雪中訪友人不遇 (李奎報, 1168~1241)

雪色白於紙　擧鞭書姓名
莫敎風掃地　好待主人至

설중방우인불우 (이규보)

설색백어지　거편서성명
막교풍소지　호대주인지

擧 들 거 : 들다, 일으키다
鞭 채찍 편 : 채찍, 채찍질하다, 매질하다
敎 가르칠 교 : 가르치다, 명령하다

덕연원에 묵으며

저녁에는 서너 잔의 술이요
청풍이 불면 단잠을 청하네
빈 대나무는 객의 성품이요
노송은 중의 나이와 같구나
냇물은 돌에 이끼를 흔들고
밭두둑은 푸른 산을 감싸네
저녁에 산색은 다시금 좋아
시상이 솟기를 샘물 같구나

宿德淵院 (李奎報, 1168~1241)

落日三杯醉　清風一枕眠
竹虛同客性　松老等僧年
野水搖蒼石　村畦繞翠巓
晚來山更好　詩思湧如泉

숙덕연원 (이규보)

낙일삼배취　청풍일침면
죽허동객성　송노등승년
야수요창석　촌휴요취전
만래산갱호　시사용여천

• 시사 : 시적인 생각이나 상념

畦 밭두둑 휴
巓 산꼭대기 전 : 산꼭대기, 산마루
湧 물 솟을 용 : 물이 솟다, 솟구치다

물고기를 읊다

뻐끔뻐끔 붉은 잉어가 떴다가 잠기면
사람들은 말하길 즐거이 논다고 하네
곰곰이 생각하면 한가할 틈이란 없어
어부가 돌아가니 다시 백로가 노리네

詠魚 (李奎報, 1168~1241)

圍圍紅鱗沒復浮　人言得意任遨遊
細思片隙無閑暇　漁父纔歸鷺更謀

영어 (이규보)

어어홍린몰부부　인언득의임오유
세사편극무한가　어부재귀로갱모

• 득의 : 일이 이루어져서 뽐냄. 뜻을 이루어 자랑함
• 오유 : 재미있고 즐겁게 놂

圍 마부 어 : 마부, 마구간, 외양간, 몸이 괴로운 모양
任 맡길 임 : 맡기다, 마음대로 하다
隙 틈 극 : 틈, 벌어진 틈, 겨를, 여가, 짬
纔 재주 재 : 재주, 겨우, 결단하다

우물 속의 달을 읊다

산승이 우물에 달빛을 탐내
항아리에 물과 함께 담았네
절에 돌아와 응당 깨달으니
항아리를 기울자 달도 비네

詠井中月 (李奎報, 1168~1241)

山僧貪月色　幷汲一瓶中
到寺方應覺　瓶傾月亦空

영정중월 (이규보)

산승탐월색　병급일병중
도사방응각　병경월역공

井 아우를 병 : 아우르다, 합하다
汲 길을 급 : (물을)긷다, 푸다
瓶 병 병 : 병, 단지, 항아리
方 모 방 : 모, 네모 바야흐로, 바로
傾 기울 경, 잠깐 경 : 기울다, 기울이다

여뀌꽃 언덕에 백로

앞 여울에는 물고기와 새우가 많아
조심조심 물살을 가르며 헤쳐 가다
사람을 보고 놀라서 황급히 일어나
여뀌꽃 언덕으로 다시 날아 앉았네
목을 늘여 사람이 가기를 기다리며
가늘게 내리는 비에 온몸이 젖어도
마음은 오직 여울의 고기에 있는데
사람들은 백로가 일없이 서 있다네

蓼花白鷺 (李奎報, 1168~1241)

前灘富魚鰕　有意劈波入
見人忽驚起　蓼岸還飛集
翹頸待人歸　細雨毛衣濕
心猶在灘魚　人道忘機立

요화백로 (이규보)

전탄부어하　유의벽파입
견인홀경기　요안환비집
교경대인귀　세우모의습
심유재탄어　인도망기립

• 망기 : 속세의 일이나 욕심을 잊음

蓼 여뀌 료 : 여뀌(마디풀과 한해살이 풀)
劈 쪼갤 벽 : 쪼개다, 가르다 / 頸 목 경 : 목, 목을 늘이다
翹 뛰어날 교, 꼬리 교 : 뛰어나다, 우뚝하다
道 길 도 : 깨닫다, 인도하다, 말하다

천용사에 잠시 기거하다

가족 모두가 푸른 산기슭에 와서 살고
짧은 두건 홑적삼 입고 평상에 누웠네
갈증에 촌락 술맛 좋음 다시금 알겠고
졸음 오면 애오라지 들꽃 차향 즐기네
솟아오른 대 뿌리는 용의 굽은 허리요
창문에 파초 잎은 봉황의 긴 꼬리라네
삼복에 백성 송사가 적어 일찍이 쉬며
때론 부처님을 다시 섬겨 본들 어떠리

寓居天龍寺 (李奎報, 1168~1241)

全家來寄碧山傍　矮帽輕衫臥一床
肺渴更知村酒好　睡昏聊喜野茶香
竹根迸地龍腰曲　蕉葉當窓鳳尾長
三伏早休民訟少　不妨時復事空王

우거천용사 (이규보)

전가래기벽산방　왜모경삼와일상
폐갈갱지촌주호　수혼요희야다향
죽근병지용요곡　초엽당창봉미장
삼복조휴민송소　불방시부사공왕

- 우거 : 임시로 거처하다
- 공왕 : 부처님의 다른 이름
- 불방 : 무방하다

矮 난쟁이 왜 : 난쟁이, (키가)작다, 짧다
迸 흩어져 달아날 병 : 흩어져 달아나다, 솟아나다
事 일 사 : 일, 섬기다, 직업

159

용암사에 머물며

굴레와 고삐가 닿지 못하는 곳
흰 구름에 중은 절로 한가하네
저녁 숲으로 연기 빛이 어리고
소나무 색이 가을 산을 감싸네
지는 해에 매미 소리 요란하고
먼 하늘에 새는 지쳐 돌아오네
병중에 객이 올까 심히 두려워
낮에도 선방 문에 빗장을 거네

寓龍巖寺 (李奎報, 1168~1241)

羈絏不到處　白雲僧自閒
煙光愁暮樹　松色護秋山
落日寒蟬噪　長天倦鳥還
病中深畏客　白晝鎖禪關

우용암사 (이규보)

기설부도처　백운승자한
연광추모수　송색호추산
낙일한선조　장천권조환
병중심외객　백주쇄선관

• 한선 : 쓰르라미

羈 굴레 기, 나그네 기 : 굴레, 말고삐
絏 고삐 설, 뛰어넘을 예 : 고삐, 줄 / 愁 모을 추, 근심 수
倦 게으를 권 : 게으르다, 고달프다
鎖 쇠사슬 쇄 : 쇠사슬, 자물쇠

160

160

정월 대보름 밤에 등불놀이

오색구름에 싸인 옥황님께 절을 하니
머리 위에는 달과 별들이 반짝거리네
도성 사람은 천문에 찬란함을 모르고
멀리서 깜박이는 은등 불빛으로 아네

元夕燈籠詩 (李奎報, 1168~1241)

五色雲中拜玉皇　壓頭星月動寒芒
都人不覺天文爛　遙認銀燈爍爍光

원석등롱시 (이규보)

오색운중배옥황　압두성월동한황
도인불각천문란　요인은등삭삭광

• 원석 : 음력 정월 보름날 밤

寒 찰 한 : 차다, 춥다, 중지하다, 그만두다, 침묵하다
芒 까끄라기 망, 황홀할 황
爛 빛날 란, 문드러질 란 : 빛나다, 밝다, 문드러지다
爍 빛날 삭, 벗겨질 락 : 빛나다, 태우다, 녹이다, 녹다

꽃을 꺾어서

진주 같은 이슬이 서린 모란꽃을,
새색시가 꺾어 들고 창문 앞을 지나다,
웃음 띠며 멋들어진 신랑에게 묻기를,
"꽃이 예뻐요 내 모습이 예뻐요"하니,
신랑은 색시를 고의로 희롱하려,
"예쁘기로 말하면 물론 꽃이오"하자,
꽃이라기에 어여쁜 색시가 토라져,
꽃가지를 발로 밟으며 하는 말은,
"꽃이 나보다 예쁘면,
오늘 밤은 꽃을 안고 주무세요"하네

折花行 (李奎報, 1168~1241)

牡丹含露眞珠顆　美人折得窓前過
含笑問檀郎　花强妾貌强
檀郎故相戱　强道花枝好
美人妬花勝　踏破花枝道
花若勝於妾　今宵花同宿

절화행 (이규보)

모란함로진주과 미인절득창전과
함소문단랑 화강첩모강
단랑고상희 강도화지호
미인투화승 답파화지도
화약승어첩 금소화동숙

• 단랑 : 아름다운 신랑

顆 낱알 과 : 낱알, 흙덩이
貌 모양 모 : 모양, 얼굴
道 길 도 : 깨닫다, 인도하다, 말하다

다시 북산을 유람하며

위아래 보며 지나간 세월에 놀라니
십여 년을 아직도 일개 서생이라네
우연히 절에 와서 자취를 더듬으며
고승과 마주해 옛날 정취를 나눴네
석양에 절벽으로 새 그림자 지나고
가을밤 산에는 원숭이 소리 싸늘해
우울한 회포를 떨치기 너무 힘들어
가끔은 뜨락에 내려가 홀로 거니네

重遊北山 (李奎報, 1168~1241)

俯仰頻驚歲屢更　十年猶是一書生
偶來古寺尋陳迹　却對高僧話舊情
半壁夕陽飛鳥影　滿山秋月冷猿聲
幽懷壹鬱殊難寫　時下中庭獨步行

중유북산 (이규보)

부앙빈경세루경　십년유시일서생
우래고사심진적　각대고승화구정
반벽석양비조영　만산추월냉원성
유회일울수난사　시하중정독보행

• 부앙 : 아래를 굽어봄과 위를 쳐다봄
• 빈경 : 깜짝 놀라다
• 유회 : 그윽한 회포 / • 진적 : 지난날의 자취
• 반벽 : 절벽으로 둘러싸인 산수

更 고칠 경, 다시 갱 : 지나가다 / 陳 베풀 진 : 조사하다, 펼치다
寫 베낄 사 : 베끼다, 묘사하다, 털어놓다, 떨어버리다

봄날 산사를 가다

온화한 바람 따듯한 날 새는 요란하고
늘어진 버들 그늘에 문은 반쯤 닫혔네
낙화 가득한 뜰에는 중이 취해 잠자고
절에는 태평 시절 흔적 아직도 남았네

春日訪山寺 (李奎報, 1168~1241)

風和日暖鳥聲喧　垂柳陰中半掩門
滿地落花僧醉臥　山家猶帶太平痕

춘일방산사 (이규보)

풍화일난조성훤　수류음중반엄문
만지낙화승취와　산가유대태평흔

喧 시끄러울 훤 : 시끄럽다, 요란하다
帶 띠 대 : 붙어있다, 두르다

초당에서 두보의 운에 화답하다

흥이 생기면 거문고를 끌어 앉고
마음이 비면 대나무 너를 대하네
깊은 숲에 까마귀 새끼를 키우고
고요한 뜰에 새는 무리를 부르네
바위에 앉아 종일 시를 읊조리다
창문 열고 누워서 구름을 보내네
시끄런 세속이 바로 지척에 있어
일찍이 문을 닫고서 듣지를 않네

草堂和子美韻 (李奎報, 1168~1241)

寓興撫桐孫　虛心對竹君
林深鴉哺子　園靜鳥呼群
坐石吟移日　開窓臥送雲
塵喧卽咫尺　閉戶不曾聞

초당화자미운 (이규보)

우흥무동손　허심대죽군
임심아포자　원정조호군
좌석음이일　개창와송운
진훤즉지척　폐호부증문

- 자미 : 두보
- 우흥 : 시에서의 감흥이나 영감
- 동손(군) : 거문고
寓 부칠 우 : 부치다, 머무르다, 핑계 삼다
撫 어루만질 무 : 어루만지다, 쥐다
鴉 갈까마귀 아 / 咫 여덟 치 지 : 여덟 치, 가깝다

하령사

우연히 호수 근처 절에 당도하니
청풍에 술 익는 냄새가 번져오네
황량한 들판은 불이 나기 알맞고
어둑한 강에서 쉬이 구름이 이네
푸른 고개는 모래 더미로 끊기고
급한 물살은 좁은 둔덕서 갈리네
외로이 가는 배 어디에 머물려나
석양에 어부의 피리 소리 들리네

下寧寺 (李奎報, 1168~1241)

偶到湖邊寺　清風散酒醺
野荒偏引燒　江暗易生雲
碧嶺侵沙斷　奔流夾岸分
孤舟何處泊　漁笛晚來聞

하령사 (이규보)

우도호변사　청풍산주훈
야황편인소　강암이생운
벽령침사단　분류협안분
고주하처박　어적만래문

- 하령사 : 여주에 있던 절
- 주훈 : 술기운 또는 취해서 기분이 좋아짐

偶 짝 우 : 짝, 배필, 우연, 마침
醺 술 취할 훈 : 술에 취하다 / 奔 달릴 분 : 달리다, 빠르다
燒 불사를 소 : 불사르다, 태우다, 타다

여름날

난간 바람에 홑적삼 입고 대자리 누웠다
두세 번 꾀꼬리 울음소리에 단꿈을 깨니
봄은 가고 무성한 이파리에 꽃은 숨었고
구름 사이로 새는 빛이 빗속에도 밝구나

夏日 (李奎報, 1168~1241)

輕衫小簟臥風櫺 夢斷啼鶯三兩聲
密葉翳花春後在 薄雲漏日雨中明

하일 (이규보)

경삼소점와풍영 몽단제앵삼양성
밀엽예화춘후재 박운누일우중명

簟 대자리 점 : 대자리, 삿자리
櫺 격자창 령 : 격자창, 처마, 추녀, 난간
翳 깃 일산 예 : 빛 일산, 그늘, 방패
漏 샐 루 : 새다, 틈이 나다

성도(成都 청두)에 두보 초당 시운을 화답하다

많은 우매함을 못 잡고 내를 더럽히다
숨어 사니 벼슬의 미혹 조금은 면했네
옷깃을 젖혀 상쾌히 부는 북풍을 맞고
서편에 해가 지든 말든 안석에 기대네
깊고 얕은 세상맛 일찍 손끝에 맛보고
인생 득과 실의 올가미는 이미 잊었네
반쯤 열린 창으로 푸른 숲이 흔들리고
책장을 덮자 뚜껑에 제비 똥 떨어지네

和子美成都草堂詩 (李奎報, 1168~1241)

不把餘愚汚及溪　幽栖粗免宦途迷
披襟快得風來北　隱几從教日向西
世味淺深曾染指　人生得失已忘蹄
半窓林影搖森翠　讀罷書頭落鷰泥

화자미성도초당시 (이규보)

불파여우오급계　유서조면환도미
피금쾌득풍래북　은궤종교일향서
세미천심증염지　인생득실이망제
반창임영요삼취　독파서두낙연니

• 종교 : ~라 해도, ~하든 말든, ~하여금
• 염지 : 손가락을 솥 속에 넣어 국물 맛을 봄
• 득토망제 : 토끼를 잡고 올가미를 잃음
• 삼취 : 나무가 푸르게 무성하다

栖 깃들 서 : 깃들다, 거처하다, 살다, 쉬다
粗 거칠 조 : 크게, 대략, 조금, 약간 / 蹄 (발)굽 제 : 올가미

한송정 운을 따서

소나무 기슭 단애에 정자가 기대섰고
동쪽을 바라보니 바다는 넓기만 하네
고요한 경치에 신선의 자취 어려있고
맑은 모래밭엔 새 발자국이 남아있네
비석 가운데는 이끼의 푸른색이 돌고
표면은 비에 쓸린 흔적으로 희미하네
언제나 마르지 않는 조그마한 샘물은
천지의 뿌리에서 발원해 솟는 것이네

次寒松亭韻 (李茂芳, 1319~1398)

亭依松麓斷　東望海無門
境靜仙蹤在　沙明鳥篆存
碑心苔暈綠　石面雨痕昏
一掬泉無渴　源乎天地根

차한송정운 (이무방)

정의송녹단　동망해무문
경정선종재　사명조전존
비심태훈록　석면우흔혼
일국천무갈　원호천지근

• 한송정 : 정자 곁에 차샘, 돌아궁이, 돌절구가 있고(강릉
소재) 술랑선인(述郞仙人)들이 놀던 곳이라 전함

麓 산기슭 록 : 산기슭 / 暈 무리 훈, 어지러울 운
篆 전자 전 : 전자(한자 글씨체의 하나), 꽃무늬
掬 움킬 국 : 움키다, 움큼, 손바닥
乎 어조사 호

서쪽 교외로 임금의 행차를 따라가다

봄바람에 준마를 타고 긴 성을 둘러보니
멀리 강에는 비가 그치고 하늘이 맑구나
냇물에서 고기를 잡고 들에서 나물 캐어
한낮 그늘 짙은 곳에서 설렁설렁 끓이네

扈駕西郊 (李邦直, ? ~1384)

春風駿馬繞長城　水遠天長霽色明
釣得溪魚挑野菜　午陰深處等閒烹

호가서교 (이방직)

춘풍준마요장성　수원천장제색명
조득계어도야채　오음심처등한팽

• 등한 : 무엇에 관심이 없거나 소홀하다

駿 준마 준 : 빠르게 잘 달리는 말
霽 비 갤 제 : 비가 그치다, 비가 개다
挑 돋을 도 : 돋우다, 뜯다
烹 삶을 팽 : 삶다, 죽이다

회포를 풀다

어느덧 반백 년이 지나가고
창황히 동해 모퉁이에 섰네
우리네 삶이 본디 힘들지만
세상 길은 역시나 기구하네
백발은 어쩌다 때가 있지만
푸른 산이야 어딘들 없으랴
읊조리니 생각은 끝이 없어
마른 나무처럼 오뚝 앉았네

遣懷 (李穡, 1328~1396)

倏忽百年半　蒼黃東海隅
吾生元踢踖　世路亦崎嶇
白髮或時有　青山何處無
微吟意不盡　兀坐似枯株

견회 (이색)

숙홀백년반　창황동해우
오생원국척　세로역기구
백발혹시유　청산하처무
미음의부진　올좌사고주

- 창황 : 어찌할 겨를이 없이 매우 급히
- 국척 : 절절매다, 움츠리다
隅 모퉁이 우 : 모퉁이, 구석
倏 갑자기 숙 : 갑자기, 문득, 매우 짧은 시간
踢 구부릴 국 : 구부리다, 굽다 / 踖 살금살금 걸을 척
兀 우뚝할 올 : 우뚝하다, 움직이지 않다

동정 염흥방에 부치다

봄이 깊은 골목길에 인적은 드물고
복사꽃 자두꽃 피었다 다시 지는데
지난해 정자에 앉아 놀던 기억에는
주렴에 성긴 빗물 술잔에 물결쳤네

寄東亭 (李穡, 1328~1396)

春深門巷少經過　桃李花開落又多
記得去年亭上坐　一簾踈雨酒生波

기동정 (이색)

춘심문항소경과　도리화개낙우다
기득거년정상좌　일렴소우주생파

・이색 : 21세에 원나라 유학, 성리학을 공부하고 후일 원나
라 과거에도 합격함

남신점

글로서 가히 공명을 세울 수 있을까
유관에 야윈 내 모습 절로 우습구나
양자는 글 써서 헛되이 자랑을 했고
기둥에 글 쓴 사마는 무엇을 이뤘나
인정은 봄날의 산 모습과 사뭇 달라
객의 꿈은 밤비 소리에 부쩍 놀라네
마침 긴긴 성을 지나니 풍정도 좋아
그 누가 해변을 가는 나를 그려줄까

南新店 (李穡, 1328~1396)

文章可是立功名　自笑儒冠大瘦生
楊子著書空自負　馬卿題柱竟何成
人情不似春山色　客夢偏驚夜雨聲
過了長城風日好　何人畫我海邊行

남신점 (이색)

문장가시입공명　자소유관대수생
양자저서공자부　마경제주경하성
인정불사춘산색　객몽편경야우성
과료장성풍일호　하인화아해변행

- 유관 : 유생들이 쓰던 관
- 자부 : 스스로 자기의 가치나 능력을 믿음
- 양자 : 전국시대 사상가 / ·마경 : 사마상여

- 고거사마 : 네 필의 말이 끄는 수레로 마경이 다리를 지나다 다리 기둥에 쓴 글에 '출세를 않고는 이 다리를 건너지 않겠다'는 고사

밀양 박선생을 방문하다

벽도꽃 아래로 황혼에 달이 떠오를 때
긴 가지 끌어당겨 술잔에 눈을 뿌렸지
그날 함께 노닐던 사람 몇이나 있을까
가련타 그림자 길게 끌며 문 두드리네

訪密陽朴先生 (李穡, 1328~1396)

碧桃花下月黃昏　爭挽長條雪灑罇
當日同遊幾人在　自憐携影更敲門

방밀양박선생 (이색)

벽도화하월황혼　쟁만장조설쇄준
당일동유기인재　자련휴영갱고문

挽 당길 만 : 당기다, 끌다, 밀다
携 이끌 휴 : 이끌다, 끌다
敲 두두릴 고 : 두두리다, 후려치다

부벽루

어제 영명사 앞을 지나다
잠시 부벽루를 올라 보니
쓸쓸한 성에 조각달 떴고
오랜 돌에 구름은 천추라
기린마는 가서 아니 오고
천손은 어디서 놀고 있나
바람 비탈서 휘파람 부니
청산에 강은 절로 흐르네

浮碧樓 (李穡, 1328~1396)

昨過永明寺　暫登浮碧樓
城空月一片　石老雲千秋
麟馬去不返　天孫何處遊
長嘯倚風磴　山青江自流

부벽루 (이색)

작과영명사　잠등부벽루
성공월일편　석로운천추
인마거불반　천손하처유
장소의풍등　산청강자류

- 영명사 부벽루 : 평양 금수산 소재
- 천추 : 무척 오랜 세월
- 인마 : 고구려 동명왕이 탔다는 준마

暫 잠시 잠 : 잠시, 잠깐, 별안간
磴 돌 비탈길 등 : 돌 비탈길, 돌다리

176

눈 덮인 산기슭

산새도 없는 산에는 차가운 빛이 흐르고
백옥의 연꽃 같은 기슭에 석양이 비치네
홀연히 바람 타고 들리는 종소리 들자니
승방이 어디쯤에 있는지 알 수가 없구나

雪藏山麓 (李穡, 1328~1396)

千山鳥絶冷搖光　白玉芙蓉照夕陽
忽有鐘聲落風外　不知何處是僧房

설장산록 (이색)

천산조절냉요광　백옥부용조석양
홀유종성낙풍외　부지하처시승방

• 부용 : 연꽃

麓 산기슭 록 : 산기슭
搖 흔들 요 : 흔들다, 흔들리다, 움직이다

농막 언덕에 가을 구름

골골이 울창한 숲에 가을이 깊어가고
짙푸른 산색이 아득 멀리서 바라뵈네
흰 구름이 흘러가는 이곳이 선경이라
피리 부는 신선의 모습이 어렴풋하네

廬皐秋雲 (李穡, 1328~1396)

萬壑千林秋氣高　葱蘢空翠望中遙
白雲飛處是仙境　髣髴羽人吹洞簫

여부추운 (이색)

만학천림추기고　총롱공취망중요
백운비처시선경　방불우인취동소

- 총롱 : 푸른 빛
- 공취 : 먼 산의 푸른 빛
- 방불(彷彿) : 흐릿하거나 어렴풋함
- 우인 : 신선
- 동소 : 통소(퉁소)

葱 파 총 : 파(채소), 부들(풀), 푸른색
蘢 개여뀌 롱 : 개여뀌(여뀌의 한해살이풀), 우거지다

178

우연히 읊다

세상은 진정 아침저녁 바뀌어 가나
뜬구름 인생이야 하물며 끝이 있네
도연명은 원도 없이 술을 즐기지만
강총은 아직 집에 돌아가지 못했네
잠시 지나간 비에 산색은 활기차고
실바람에 버들 모습이 비껴 보이네
멀리 유람 가고픈 마음을 접어두고
홀로 앉아서 가는 세월을 완상하네

偶吟 (李穡, 1328~1396)

桑海眞朝暮　浮生況有涯
陶潛方愛酒　江摠未還家
小雨山光活　微風柳影斜
句回遠遊意　獨坐賞年華

우음 (이색)

상해진조모　부생황유애
도잠방애주　강총미환가
소우산광활　미풍유영사
구회원유의　독좌상년화

- 상전벽해 : 뽕밭이 푸른 바다가 되어 세상이 바뀜
- 강총미환가 : 난리로 강총이 고향에 못감
- 년화 : 지나가는 날이나 달이나 해

方 모방 : 바야흐로, 이제 한창 / 구회 : 끌어 돌리다
句 글귀 구, 올가미 구 / 賞 상줄 상 : 상주다, 완상하다

경사에서 동으로 돌아오며

하늘하늘 버들이 가는 나를 보내니
이번 길은 외려 예전보다 푸근하네
물색은 아무리 간섭이 없다 하지만
본래 사람의 마음은 희비가 있다네
말을 달리며 꽃구경을 나는 하는데
들판에 뒤처진 나귀에 누가 탔을까
송도에 단술은 이제 응당 익었겠지
흥겨움에 미리 취해서 시를 쓴다네

自京師東歸 (李穡, 1328~1396)

楊柳依依送我歸　此行還勝昔歸時
雖然物色無干涉　自是人心有喜悲
走馬看花猶到我　落驢在野未知誰
松都醴酒今應熟　狂興先判醉賦詩

자경사동귀 (이색)

양류의의송아귀　차행환승석귀시
수연물색무간섭　자시인심유희비
주마간화유도아　낙려재야미지수
송도예주금응숙　광흥선판취부시

- 경사 : 연경
- 자시 : 당연히, 물론, 자기 의견을 옳게 여김
- 광흥 : 미친 듯이 몹시 흥겨워함 또는 그 흥

還 돌아올 환 : 도리어
驢 당나귀 려 / 醴 단술 예 : 단술, 감주, 달다

누에 치는 아낙네

성 안에 누에 치는 아낙 많고
뽕잎은 어찌 그리도 넉넉한가
비록 뽕잎이 줄기는 했다지만
굶주리는 누에는 없다고 하네
누에가 나면서 풍족한 뽕잎도
누에가 커가며 잎은 귀해지네
조석으로 땀이 분주히 흐르니
걸친 옷가지 때문만은 아니네

蠶婦 (李穡, 1328~1396)

城中蠶婦多　桑葉何其肥
雖云桑葉少　不見蠶苦飢
蠶生桑葉足　蠶大桑葉稀
流汗走朝夕　非緣身上衣

잠부 (이색)

성중잠부다　상엽하기비
수운상엽소　불견잠고기
잠생상엽족　잠대상엽희
유한주조석　비연신상의

苦 쓸 고 : 쓰다, 괴롭다
飢 주릴 기 : 주리다, 굶기다, 모자라다
汗 땀 한 : 땀, (땀이)흐르다, 나다
緣 인연 연 : 인연, 연줄, 이유, 까닭

새벽에 길 떠나다

이른 아침 길을 물어물어 가도
새벽 풍색 아직은 훤하지 않네
달빛 띠는 말머리에 꿈을 꾸고
숲 멀리서 이야기 소리 들리네
평온한 숲은 들판 안개와 닿고
미풍 부는 계곡에 구름이 피네
이미 삼하현은 저멀리 있지만
변치 않는 마음 임금에 향하네

早行 (李穡, 1328~1396)

凌晨問前路　曉色未全分
帶月馬頭夢　隔林人語聞
樹平連野霧　風細起溪雲
已過三河縣　丹心只在君

조행 (이색)

능신문전로　효색미전분
대월마두몽　격림인어문
수평연야무　풍세기계운
이과삼하현　단심지재군

• 삼하현 : 압록강에서 북경까지 역참(40개) 중의 하나.

압록강 → 진강성 → 탕참 → 책문 → 봉황성 → 진동보 → 통원보
→ 연산관 → 첨수참 → 요양 → 십리보 → 성경 → 변성 → 거류하
→ 백기보 → 이도정 → 소흑산 → 광녕 → 여양역 → 석산참 → 소
릉하 → 행산역 → 연산역 → 영원위 → 조장역 → 동관역 → 사하
역 → 전둔위 → 고령역 → 산하이관 → 심하역 → 무령현 → 영평부
→ 칠가령 → 풍윤현 → 옥전현 → 계주 → 삼하현 → 통주 → 북경

바로 짓다

수수한 시골 재미로 한가히 늙자니
눈앞에 생기는 싯구를 흡족히 얻네
바람이 잦아들어도 꽃은 절로 지고
구름 걷혀도 가랑비에 맑지가 않네
담장 머리에 분나비 꽃가지를 날고
처마에 산비둘기 깊은 숲에서 우네
제물소요는 내 일이 더욱 아니기에
거울 속에 형색이 참으로 분명하네

卽事 (李穡, 1328~1396)

幽居野興老彌淸　恰得新詩眼底生
風定餘花猶自落　雲移少雨未全晴
墻頭粉蝶別枝去　屋角錦鳩深樹鳴
齊物逍遙非我事　鏡中形色甚分明

즉사 (이색)

유거야흥노미청　흡득신시안저생
풍정여화유자락　운이소우미전청
장두분접별지거　옥각금구심수명
제물소요비아사　경중형색심분명

• 유거 : 쓸쓸한 곳에서 삶
• 제물소요 : 장자의 소요유와 제물론의 이론
• 형색 : 모양과 색상
彌 미륵 미 : 더욱, 두루, 멀리, 가득
淸 맑을 청 : 사념이 없다, 한가하다
甚 심할 심 : 심하다, 지나치다

찬 바람 (1)

차가운 바람 서북에서 불어와
나그네는 고향 생각에 잠기네
시름에 기나긴 밤을 지새우니
등불은 내 침상에서 흔들리네
예전의 도리는 이미 멀어졌고
다만 흩어져가는 구름을 보네
아아 슬프다 뜨락에 소나무여
세밑이 다가와 더욱 푸르구나
원컨대 그대와의 도타운 정이
금과 옥처럼 서로 지켜지기를

寒風 1 (李穡, 1328~1396)
      섭공소와 함께 지은 한풍 3수

寒風西北來　客子思故鄕
悄然共長夜　燈火搖我牀
古道已云遠　但見浮雲翔
悲哉庭下松　歲晚逾蒼蒼
願言篤交誼　善保金玉相

한풍 1 (이색)

한풍서북래　객자사고향
초연공장야　등화요아상
고도이운원　단견부운상
비재정하송　세만유창창
원언독교의　선보금옥상

• 초연 : 시름에 겨운 모습
• 교의 : 사귄 정의(情誼)

共 함께 공 : 모두, 오로지
逾 넘을 유 : 넘다, 더욱, 한층
篤 도타울 독 : 도탑다
誼 정 의, 옳을 의 : 정분

찬 바람 (2)

차가운 바람 서북에서 불어와
낮이나 밤이나 그침이 없구나
구름은 넓은 하늘을 날아가고
숲속에는 바람 소리가 쏴하네
아침나절 관아에 사무가 있어
갓옷을 걸치고 말 채찍질하며
무부는 길을 비켜라 소리치나
온갖 근심으로 마음은 애타네
언제쯤 해가 높도록 잠자다가
쑥대머리로 늦게 일어나 보나

寒風 2 (李穡, 1328~1396)

寒風西北來　日夜吹不休
雲飛碧空闊　樹木聲颼颼
早衙有公事　策馬披重裘
武夫喝官道　心中焦百憂
何如日三丈　徐起猶蓬頭

한풍 2 (이색)

한풍서북래 일야취불휴
운비벽공활 수목성수수
조아유공사 책마피중구
무부갈관도 심중초백우
하여일삼장 서기유봉두

- 무부 : 용감한 사내
- 관도 : 관에서 닦은 길
- 일고삼장 : 아침 해가 높이 떴음
- 봉두 : 쑥대머리, 마구 흐트러져 어지럽게 된 머리

衙 마을 아 : 마을, 관아
披 헤칠 피 : (옷을)걸치다, 펴다
蓬 쑥 봉 : 쑥

찬 바람(3)

차가운 바람 서북에서 불어와
차츰 그림자 더더욱 짙어지네
바람이 드셈을 앉아서도 아니
또다시 하늘에서 눈이 내리네
한동안 수많은 학이 춤추는데
변화는 참으로 깜짝할 사이라
문을 닫고서 혼자서 읊조리니
지나던 수레는 축이 부러지네
때로는 초석의 거문고 소리에
타오르는 향이 더없이 맑구나

寒風 3 (李穡, 1328~1396)

寒風西北來　漸見層陰結
坐知風勢闌　又是天欲雪
須臾舞萬鶴　變化眞一瞥
閉戶獨微吟　途中車軸折
時聞楚石琴　焚香更淸絶

한풍 3 (이색)

한풍서북래 점견층음결
좌지풍세란 우시천욕설
수유무만학 변화진일별
폐호독미음 도중거축절
시문초석금 분향갱청절

• 수유 : 잠시(暫時)
• 일별 : 한 번 흘깃 봄, 한 번 죽 훑어봄
• 초석 : 고려 승으로 원나라 연경 출생, 이색과 교유함

闌 막을 란 : 가로막다, 한창

서산에 고사리 캐다

봄비가 바람에 가늘게 오고
봄날에 산은 곳곳이 깊은데
누가 고사리를 잘도 캐는지
백이 마음을 생각하게 하네

西山採薇 (李穡, 1328~1396)

春雨隨風細　春山到處深
何人能採蕨　惹起伯夷心

서산채미 (이색)

춘우수풍세　춘산도처심
하인능채궐　야기백이심

• 서산채미 : 염흥방이 여주 금사리의 귀양살이 심정을 시
로 지어 주기를 청함에 지은 시. 금사팔영(金沙八詠) 중 하나
백이 : 수양산에 들어가 고사리를 캐어 먹고살다가 그것조
차도 주나라 땅의 것이라 하여 굶어 죽었다 함

蕨 고사리 궐
惹 이끌 야 : 이끌다, 부르다

새벽 흥을 바로 짓다

풍로에 물이 끓고 처마 위에 까치가 울고
늙은 아내가 머리 빗고 매실 장맛 보는데
높이 솟은 해에 명주 이불 속은 따듯하니
천지에 한 조각 좁은 곳에서 단잠을 자네

晨興卽事 (李穡, 1328~1396)

湯沸風鑪鵲噪簷　老妻盥櫛試梅鹽
日高三丈紬衾暖　一片乾坤屬黑甜

신흥즉사 (이색)

탕비풍로작조첨　노처관즐시매염
일고삼장주금난　일편건곤촉흑첨

• 신흥즉사 : 금사팔영 중 하나
• 관즐 : 세수하고 머리를 빗음
• 흑첨 : 깊은 잠이나 단잠

鑪 술독 로 : 술독, 항아리
盥 대야 관, 깨끗할 관 : 대야(둥글넓적한 그릇)
櫛 빗 즐 : 빗, 머리빗, 빗다, 빗질하다
紬 명주 주 : 명주(明紬)
屬 이을 촉, 무리 속 : 흡족하다
甛 달 첨

장흥에서 주운 밤

가을바람 소슬히 불기 시작해
나무에 밤송이 점점 탐스럽네
일찍이 혼자서 가본 기억에는
금구슬이 땅에 떨어질 때였네

長興拾栗 (李穡, 1328~1396)

秋風初瑟瑟　栗樹漸纍纍
獨往吾曾記　金丸落地時

장흥습율 (이색)

추풍초슬슬　율수점루루
독왕오증기　금환낙지시

- 장흥습율 : 금사팔영 중 하나
- 슬슬 : (바람 소리)우수수하여 쓸쓸하고 적막함
- 루루 : 층층이, 겹쳐 쌓이다

瑟 큰 거문고 슬 : 큰 거문고, 엄숙하다, 쓸쓸하다

주읍에 매화를 찾아가다

매화를 읊은 시가 실은 적지만
세속 멀리서 참 많이도 가꾸네
가련타 거친 벽지 외진 곳에서
적막한 달 속에 선녀와 벗하네

注邑尋梅 (李穡, 1328~1396)

賦詠逼眞少　栽培離俗多
最憐荒僻處　寂寞伴姮娥

주읍심매 (이색)

부영핍진소　재배리속다
최련황벽처　적막반항아

- 주읍심매 : 금사팔영 중 하나
- 핍진 : 사정이나 표현이 진실하여 거짓이 없음
- 항아 : 달 속에 있다는 전설 속의 선녀, 달의 별칭

賦 부세 부 : 시가(詩歌)를 짓다, 세금을 부과하다
逼 핍박할 핍 : 핍박하다, 강요하다
僻 궁벽할 벽 : 궁벽하다, 천하다

파성에 내리는 비

하늘은 응당 만물을 살리니
농사일은 때를 맞춰야 하네
벽담에 용은 오래도록 누워
한번 일어나기 어이 더딘가

婆城望雨 (李穡, 1328~1396)

天意應生物　農功在及時
碧潭龍臥久　一起竟何遲

파성망우 (이색)

천의응생물　농공재급시
벽담용와구　일기경하지

• 파성망우 : 금사팔영 중 하나
• 파성 : 여주의 파사성
• 와룡 : 염흥방

婆 할머니 파 : 할머니, 늙은 여자, 춤추는 모양
竟 마침내 경 : 마침내, 드디어
遲 더딜 지 : 더디다, 늦다, 느리다

한포에서 달놀이

해지자 달빛에 모래가 더욱 희고
구름이 걷히자 물은 더더욱 맑네
고상한 그대 밝은 달을 희롱하나
다만 신선이 부는 생황이 없구료

漢浦弄月 (李穡, 1328~1396)

日落沙逾白　雲移水更淸
高人弄明月　只欠紫鸞笙

한포농월 (이색)

일락사유백　운이수갱청
고인농명월　지흠자란생

• 한포농월 : 금사팔영 중 하나
• 고인 : 벼슬을 않고 세상 물욕 탐하지 않는 사람
• 자란생 : 신선이 부는 피리

逾 넘을 유 : 넘다, 더욱, 한층
欠 하품 흠 : 하품, 부족하다

벼슬을 버리고 고향으로 가다

약초 섬돌 청풍은 내 늙음을 속이고
대숲 개울에 달이 내 정을 유혹해도
고향 갈 계획 어젯밤 이미 정했기에
눈 녹은 강남땅을 필마 타고 간다네

歸田詠 (李晟, 1251~1325)

藥砌淸風欺我老　竹溪明月誘吾情
昨宵已決歸田計　雪盡江南匹馬行

귀전영 (이성)

약체청풍기아노　죽계명월유오정
작소이결귀전계　설진강남필마행

• 귀전 : 벼슬을 버리고 고향에 돌아가 농사를 지음

砌 섬돌 체 : 섬돌(집채의 돌계단)
欺 속일 기 : 속이다, 업신여기다

둔촌의 죽음을 슬퍼하다

나를 알아주는 이 손꼽아보며
상심해 하늘에다 묻고자 하네
척약재가 일찍이 저승길 가니
둔촌 노인도 황천길 따라갔네
강개해 사람을 놀래주는 말과
맑고 산뜻한 훌륭하신 시문이
이제금 모두 세상을 떠났으니
어찌 눈물을 흘리지 않으리오

哭遁村 (李崇仁, 1347~1392)

屈指誰知我　傷心欲問天
若齋曾萬里　遁老又重泉
慷慨驚人語　清新絶俗篇
卽今俱已矣　烏得不潸然

곡둔촌 (이숭인)

굴지수지아　상심욕문천
약재증만리　둔노우중천
강개경인어　청신절속편
즉금구이의　오득불산연

• 척약재 : 김구용의 호 / • 둔촌 : 이집의 호
• 중천 : 저승 / • 절속 : 보통 사람보다 뛰어남
• 책편 : 책, 완결된 시문 / • 오득 : 어찌

卽 곧 즉 : 이제, 죽다
潸(潛) 눈물 흐를 산 : 눈물 흐르다, 비 오다

첫눈

어느덧 세모에 아득히 먼 하늘
첫눈이 두루 온 산천에 내리네
새들은 산에서 쉴 나무를 잃고
스님은 바위 위에 샘물을 찾네
들판에 주린 까마귀 크게 울고
언 버드나무 냇가에 걸쳐 있네
어디쯤 인가가 있을 것 같은데
먼 숲에서 하얀 연기가 오르네

新雪 (李崇仁, 1347~1392)

蒼茫歲暮天　新雪遍山川
鳥失山中木　僧尋石上泉
飢烏號野外　凍柳臥溪邊
何處人家在　遠林生白煙

신설 (이숭인)

창망세모천　신설편산천
조실산중목　승심석상천
기오호야외　동류와계변
하처인가재　원림생백연

삼봉 정도전을 생각함

정생을 오랜 세월 뵙지 못했는데
가을바람은 다시 또 삽연히 부네
새로운 시는 모두 즐겨 암송하니
미친 모습을 누가 가련타 하리오
세상은 나 같은 무리를 받아주어
강호에서 몇 년을 누워서 지내네
서로 그리는 마음은 끝이 있으랴
기러기 날아간 하늘 한없이 보네

憶三峯 (李崇仁, 1347~1392)

不見鄭生久　秋風又颯然
新篇最堪誦　狂態更誰憐
天地容吾輩　江湖臥數年
相思渺何限　極目斷鴻邊

억삼봉 (이숭인)

불견정생구　추풍우삽연
신편최감송　광태갱수련
천지용오배　강호와수년
상사묘하한　극목단홍변

• 후일 이숭인은 정도전(三峯)에 의해 유배지에서 창살 됨
• 오배 : 우리의 무리
• 극목 : 시력이 미치는 데까지 봄

颯 바람 소리 삽 / 最 가장 최 : 모조리
堪 견딜 감 : 즐기다 / 更 다시 갱 : 어찌, 다시, 또

지팡이 짚고서

지팡이 짚고서 사립문을 나서니
유연한 흥취가 끝없이 일어나네
사방에 산들은 늘어선 창끝인가
한줄기 물에서 옥소리가 들리네
학은 소나무 가닥에서 어둑하고
바위에서 구름이 일어 서늘하네
가련하다 옛날의 덧없는 꿈이여
이러한 꿈속에 젖어 분주하였네

倚仗 (李崇仁, 1347~1392)

倚杖柴門外　悠然發興長
四山疑列戟　一水聽鳴璫
鶴立松丫暝　雲生石竇涼
遙憐十年夢　欵欵此中忙

의장 (이숭인)

의장시문외　유연발흥장
사산의열극　일수청명당
학입송아명　운생석두량
요련십년몽　관관차중망

• 열극 : 병사들이 창을 들고 호위하거나 창이 늘어선 모양

璫 귀고리 옥 당 : 귀고리 옥, 관의 꾸미개
丫 가닥 아 : 가닥, 가장귀(나뭇가지의 갈라진 부분)
戟 창 극 : 창, 갈래진 창, 찌르다 / 竇 구멍 두 : 구멍
欵 정성 관, 항목 관 : 정성, 항목, 좋아하다, 느리다

200

송월헌

홀로 첩첩 산으로 들어가더니
정갈한 방장을 새로이 열었네
성근 소나무에 학은 노쇠하고
아름다운 달은 가까워 밝구나
높은 가을 하늘에는 은하수요
서릿바람 소리 한밤에 들리네
스님의 마음엔 유상을 버렸나
좌선하며 무생을 즐기고 있네

題松月軒 (李崇仁, 1347~1392)

獨向層峯裏　新開丈室淸
疎松留鶴老　好月近人明
河漢高秋影　風霜半夜聲
師心遣有相　燕坐樂無生

제송월헌 (이숭인)

독향층봉리　신개장실청
소송유학노　호월근인명
하한고추영　풍상반야성
사심견유상　연좌낙무생

- 장실 : 주지(住持)의 거실
- 연좌 : 마음을 고요히 가라앉히고 좌선 함
- 하한 : 남북으로 길게 보이는 은하수
- 무생 : 생기고 사라짐의 변화가 없음 / • 유상 : 상념

影 그림자 영 : 모습, 자태

산사

앞산 뒷산 갈라지는 좁다란 길목에
떨어진 송화가 비에 젖어 분분하네
스님은 샘물 길어 초가로 돌아가고
한줄기 푸른 연기 구름을 물들이네

題僧舍 (李崇仁, 1347~1392)

山北山南細路分　松花含雨落繽紛
道人汲井歸茅舍　一帶靑煙染白雲

제승사 (이숭인)

산북산남세로분　송화함우낙빈분
도인급정귀모사　일대청연염백운

繽 어지러울 빈 : 어지럽다, 성하다, 많다
紛 어지러울 분 : 어지럽다, 번거롭다, 엉클어지다
汲 길을 급 : (물을)긷다, 푸다

시골에서

붉은 잎으로 시골길은 훤하고
맑은 샘이 돌부리를 씻어주네
후미진 곳이라 마차는 드물고
산기운이 절로 황혼에 물드네

村居 (李崇仁, 1347~1392)

赤葉明村逕　清泉漱石根
地偏車馬少　山氣自黃昏

촌거 (이숭인)

적엽명촌경　청천수석근
지편거마소　산기자황혼

漱 양치질할 수 : 양치질하다, 빨래하다, 헹구다

식영암 노스님에게

덧없는 세상 헛된 명성 곧 정승인데
작은 창에 한가함을 즐기는 저 산승
그중에 풍류를 즐길 곳 또한 있으니
한 떨기 매화 가지가 연등에 비치네

寄息影庵禪老 (李嵓, 1297~1364)

浮世虛名是政丞　小窓閑味卽山僧
箇中亦有風流處　一朶梅花照佛燈

기식영암선노 (이암)

부세허명시정승　소창한미즉산승
개중역유풍류처　일타매화조불등

朶 늘어질 타 : 늘어지다

초파일 저녁

채찍 같은 번갯불 우렛소리 들리고
봄빛은 만세배에 먼저 와서 어리네
은촛불 그림자에 식은 촛물이 길고
옥피리 소리에 따듯한 바람이 이네
이슬에 젖은 선도는 가지에 무겁고
연기를 품은 서협잎은 활짝 돋았네
달 밝은 연로에는 풍악이 넘쳐나고
궁녀들 다퉈 자운곡을 돌려 부르네

燈夕 (李仁老, 1152~1220)

電鞭初報一聲雷　春色先凝萬歲盃
銀燭影中寒漏永　玉簫聲裏暖風催
仙桃帶露枝偏重　瑞莢含煙葉盡開
輦路月明絲管沸　翠眉爭唱紫雲廻

등석 (이인로)

전편초보일성뢰　춘색선응만세배
은촉영중한누영　옥소성리난풍최
선도대로지편중　서협함연엽진개
연로월명사관비　취미쟁창자운회

- 선도 : 신선 나라에 있다는 복숭아
- 서협 : 요임금 때에 났었다는 상서로운 풀
- 연로 : 임금이 거둥(擧動)하는 길
- 사관 : 거문고와 피리
- 취미 : 버들잎의 푸른 모양, 화장한 눈썹, 궁녀
催 재촉할 최 : 일어나다, 재촉하다

흥에 취해

궁벽한 이곳을 누구라 찾아오리
춘심에 술이 얼큰하게 취했으니
꽃피는 풍광에 두곡인지 헤매고
대숲 그림자는 성남과 유사하네
휘파람에 근심은 넷이 사라지고
노래하며 거니니 기쁨은 셋이네
조용한 가운데 오래가는 재미를
어이 속세에 사람들이 알겠으랴

謾興 (李仁老, 1152~1220)

境僻人誰到　春心酒半酣
花光迷杜曲　竹影似城南
長嘯愁無四　行歌樂有三
靜中滋味永　豈是世人諳

만흥 (이인로)

경벽인수도　춘심주반감
화광미두곡　죽영사성남
장소수무사　행가낙유삼
정중자미영　기시세인암

- 춘심, 춘정 : 봄의 정취
- 두곡 : 두보가 대대로 살던 곳
- 공자의 삼락(三樂) : 사람으로, 남자로 장수(95세)하는 것
- 자미 : 재미

酣 흥겨울 감 : 흥겹다, (술에)취하다
諳 외울 암 : 외우다, 알다 / 滋 불을 자 : 늘다, 증가하다

산에 사네

봄은 가도 꽃은 아직 남았는데
맑은 하늘에 골짝은 절로 짙고
밝은 낮에 두견새가 울기도 해
비로소 깊은 산중에 삶을 아네

山居 (李仁老, 1152~1220)

春去花猶在　天晴谷自陰
杜鵑啼白晝　始覺卜居深

산거 (이인로)

춘거화유재　천청곡자음
두견제백주　시각복거심

• 복거 : 살만한 곳을 택함

滋 불을 자 : 늘다, 증가하다
猶 오히려 유 : 오히려, 가히

소상강 밤비

푸른 물결치는 양편 언덕에는 가을이라
바람은 가랑비를 돌아가는 배에 뿌리고
밤에는 대숲이 가까운 강변에서 묵으니
잎마다 서늘한 소리는 모두가 시름일세

瀟湘夜雨 (李仁老, 1152~1220)

一帶滄波兩岸秋　風吹細雨灑歸舟
夜來泊近江邊竹　葉葉寒聲摠是愁

소상야우 (이인로)

일대창파양안추　풍취세우쇄귀주
야래박근강변죽　엽엽한성총시수

• 소상야우 : 중국 호남성 소상강 지역의 밤비 오는 풍경,
소상팔경의 하나

은대의 숙직

공작 병풍 그윽이 희미한 촛불 그림자
밤을 함께한 원앙이 어이 따로 날으랴
절로 가엾다 부귀한 집 초췌한 처자는
언제까지 남이 입고 시집갈 옷 만드나

夜直銀臺 (李仁老, 1152~1220)

孔雀屛深燭影微　鴛鴦雙宿豈分飛
自憐憔悴靑樓女　長爲他人作嫁衣

야직은대 (이인로)

공작병심촉영미　원앙쌍숙기분비
자련초췌청루녀　장위타인작가의

• 은대 : 한림원(임금의 명을 받아 문서 작성을 맡았던 관아),
상소에 관해 임금의 하답이나 쓰는 출세 못한 자신을 비유
• 청루 : 기녀가 사는 곳, 푸른 높은 건물

屛 병풍 병 : 병풍, 울타리
嫁 시집갈 가 : 시집가다, 떠넘기다

지리산 유람

멀리 두류산에 저녁 구름이 걸리고
수많은 골짝 바위가 회계와 닮았네
지팡이 짚고 다니며 청학동 찾자니
저편 숲에 원숭이 우는소리 들리네
아득한 누대에 삼산은 가까이 뵈고
이끼 바위에 네 글자만이 희미하네
묻노니 신선이 사는 곳이 여기인가
봄날의 경치가 사람을 헤매게 하네

遊智異山 (李仁老, 1152~1220)

頭流山迥暮雲低　萬壑千巖似會稽
策杖欲尋靑鶴洞　隔林空聽白猿啼
樓臺縹緲三山近　苔蘇依俙四字題
試問仙源何處是　落花流水使人迷

유지리산 (이인로)

두류산형모운저　만학천암사회계
책장욕심청학동　격림공청백원제
누대표묘삼산근　태소의희사자제
시문선원하처시　낙화유수사인미

- 두류산 : 지리산
- 회계산 : 중국 절강성에 있는 명산 / • 표묘 : 아득함
- 사자 : 쌍계석문(쌍계사 입구 바위 최치원의 글씨)
- 시문 : 시험 문제, 시험하여 물음

俙 비슷할 희 : 비슷하다, 희미하다, 어슴푸레하다

천심원 벽에 글 쓰다

기다리는 객은 오지를 않고
중을 찾으나 중마저 없는데
오직 저편 숲속에 새들만이
관곡히 술병을 들라 권하네

題天尋院壁 (李仁老, 1152~1220)

待客客未到　尋僧僧亦無
惟餘林外鳥　款曲勸提壺

제천심원벽 (이인로)

대객객미도　심승승역무
유여임외조　관곡권제호

• 관곡 : 매우 정답고 친근하게

惟 생각할 유 : 생각하다, 오직, 오로지
款 항목 관 : 항목, 친분, 느리다, 정성, 정의

임금을 따라 방을 붙이고

주렴 반쯤 드리운 대궐에 해가 떠오르고
삼천의 많은 선비가 기러기처럼 줄 섰네
홀연 붉은 계단에서 그대 이름이 불리면
당당히 벼슬로 가는 발걸음 길은 넓으리
멋진 문장을 만들면 가치는 더욱 높지만
사족을 달면 졸함을 감추기 정말 어렵네
일찍이 백 번의 노련한 경험이 있겠지만
지금 괴이 오나라 소처럼 떨고들 있구료

扈從放榜 (李仁老, 1152~1220)

半簾紅日黃金闕　多士三千鴈成列
忽從丹陛名姓傳　縱步靑雲岐路濶
吐鳳成文價益高　畫蛇着足難藏拙
老手曾經百戰餘　今怪吳牛虛喘月

호종방방 (이인로)

반렴홍일황금궐 다사삼천안성열
홀종단폐명성전 종보청운기로활
토봉성문가익고 화사착족난장졸
노수증경백전여 금괴오우허천월

• 호종 : 임금이 탄 수레인 거가(車駕)를 모시어 따름
• 홀종 : 갑자기, 뜻밖에
• 종보 : 앞으로 훌쩍 뛰는 걸음
• 단폐 : 붉은 칠을 한 층계, 궁궐을 달리 이르는 말
• 토봉 : 뛰어난 글재주(봉황을 토하다)
• 노수 : 노련한 솜씨 또는 그 사람
• 오우천월 : 오나라 물소가 더위가 두려워 달을 해로 알
고 헐떡인다는 뜻으로 미리 겁내고 허둥 댐을 조롱하는 말

闊 넓을활 : 트이다, 통하다, 넓다
放 놓을 방 : 널리 펴다, 놓다, 내놓다
榜 방 붙일 방 : 방을 붙이다, 고시하다, 알리다

변경 진압군의 말을 적다 (1)

그윽한 정원에 봄볕이 따사롭고
높다란 누대에 달빛은 청량한데
엊그제 가무하며 노닐던 이곳에
전란의 북소리가 새롭게 들리네

錄鎭邊軍人語 1 (李仁復, 1308~1374)

深院春光暖　崇臺月影淸
向來歌舞地　戰鼓有新聲

록진변군인어 1 (이인복)

심원춘광난　숭대월영청
향래가무지　전고유신성

• 진변군 : 남해 연안에서 왜구의 침략을 방어할 목적으로
경상도와 전라도에 설치된 군사기구
• 향래 : 저번 때, 요전의 그때
• 전고 : 싸움할 때 치던 북

崇 높을 숭 : 높다, 존중하다

변경 진압군의 말을 적다 (2)

나의 본은 농사꾼의 아들로
지금에 바닷가 땅을 지키나
매양 험한 풍색을 바라보면
요병할 배에 타기가 두렵네

錄鎭邊軍人語 2 (李仁復, 1308~1374)

我本農家子　今來戍海壖
每見風色惡　怕上耀兵船

록진변군인어 2 (이인복)

아본농가자　금래수해연
매견풍색악　파상요병선

• 풍색 : 남 보기에 좋지 못한 얼굴빛, 날씨
• 요병선 : 무력시위 배

壖 빈 터 연 : 빈 터, 강기슭의 땅
耀 빛날 요 : 현혹하다, 빛나다
怕 두려울 파, 담백할 백

변경 진압군의 말을 적다 (3)

저 멀리 봉홧불이 경보를 전하면
칼과 활은 곧바로 출정을 떠나고
이번 도적이 쉽다고 말하지 말자
왜놈 풍속 본래 생명을 경시한다

錄鎭邊軍人語 3 (李仁復, 1308~1374)

烽火遙傳警　弓刀卽啓行
休言今賊易　倭俗本輕生

록진변군인어 3 (이인복)

봉화요전경　궁도즉계행
휴언금적이　왜속본경생

• 계행 : 앞장서서 인도함, 여정에 오름
• 경보 : 경계하라 미리 알림

啓 열 계 : 열다, 깨워주다

변경 진압군의 말을 적다 (4)

경상은 군인 모집 시급하고
전라는 식량 공급 더뎌지고
자연히 주머니가 동이 나니
누가 아침 허기를 면해주나

錄鎭邊軍人語 4 (李仁復, 1308~1374)

慶尙徵兵急　全羅轉粟遲
自從囊褚盡　誰與療朝飢

록진변군인어 4 (이인복)

경상징병급　전라전속지
자종낭저진　수여요조기

• 낭저 : 주머니

轉 구를 전 : 옮기다, 더욱
粟 조 속 : 조, 오곡
與 더불 여, 줄 여 : 더불다, 같이하다, 주다, 베풀다
療 고칠 료 : 고치다, 치료하다

명나라로 돌아가는 설부보를 송별하며

제왕의 운으로 한나라가 흥하니
민심이 오랫동안 받든 상나라요
그대가 사신으로 오시니 부럽고
유람하지 못한 내가 부끄럽구료
역로에 산은 푸르름에 둘려있고
선창에 달이 청량함을 주는구료
불령한 몸으로 한말씀 드리려니
힘써 꽃다운 이름 이어가시기를

送偰符寶還大明 (李仁復, 1308~1374)

帝運初興漢　民心久戴商
羨君來對使　愧我未觀光
驛路山橫翠　船窓月送涼
贈言吾不佞　努力更流芳

송설부보환대명 (이인복)

제운초흥한　민심구대상
선군래대사　괴아미관광
역로산횡취　선창월송량
증언오불녕　노력경류방

• 대명 : 명나라(1368~1644) 정식 국호(대명제국)
• 불녕 : 문장(文章)에서 자신을 낮추어 이르는 말
• 유방백세 : 꽃다운 이름이 후세에 길이 전함
戴 일 대 : 들다, 받들다, 이다, 머리 위에 올려놓다
商 장사 상 : 장사, 나라 이름(중국 은나라의 처음 이름)
佞 아첨할 녕, 아첨할 영 / 更 고칠 경 : 계속하다

사암 류숙을 송별하며

인간은 기름불에 제 스스로 졸여도
명철한 그대 역사에 옳게 전해지리
위태로운 시국 사직을 편케 하고는
이제는 조용한 곳에 신선이 되려네
오호에 꿈은 끊겨 연파만이 푸른데
깊은 가을 안뜰에 들국화가 곱구나
돌아보니 벼슬을 버리지 못한 몸에
요즘 양쪽 귀밑에서 눈발이 날리네

送柳思庵淑 (李仁復, 1308~1374)

人間膏火自相煎　明哲如公史可傳
已向危時安社稷　更從平地作神仙
五湖夢斷烟波綠　三徑秋深野菊鮮
顧我未能投綬去　邇來雙鬢雪飄然

송유사암숙 (이인복)

인간고화자상전　명철여공사가전
이향위시안사직　갱종평지작신선
오호몽단연파록　삼경추심야국선
고아미능투불거　이래쌍빈설표연

* 유숙 : 공민왕 때 정치가, 호는 사암(思庵)
* 자상 : 그 사물 자체만이 가지는 본질과 모양
* 연파 : 자연 풍광 / • 이래 : 가까운 요마적
* 삼경 : 은자의 문 안에 있는 뜰, 은자가 사는 곳

綬 인끈 불 : 인끈(印- : 사슴 가죽 끈), 제복(制服)

가야사 늙은 주지승 시를 차운하다 (1)

소년 시절 가무로 화당에서 취할 때는
감히 운수향서 조용히 노닐 줄 알았나
늙어 번화한 서울 거리는 감당 못하고
물러나 분수 따라 명아주 걸상에 앉네
한가한 가운데 음미하는 서너 잔의 차
꿈같은 공명도 기껏 종이 한 장이라네
많은 것 물리고 시로써 외로움 달래며
덕망 높으신 스님의 깊은 뜻 헤아리네

次伽倻寺住老韻 1 (李仁復, 1308~1374)

少年歌舞醉華堂　肯想淸遊雲水鄕
老去不堪趨綺陌　退來隨分坐藜床
閑中氣味茶三椀　夢裏功名紙一張
多謝新詩慰幽獨　上人深意若爲量

차가야사주노운 1 (이인복)

소년가무취화당　긍상청유운수향
노거불감추기맥　퇴래수분좌려상
한중기미다삼완　몽리공명지일장
다사신시위유독　상인심의약위량

- 가야사 : 예산 가야산 소재로 대원군이 불태움
- 청유 : 아담하고 깨끗하며 속되지 아니하게 놂
- 유독 : 쓸쓸한 외로움, 조용히 홀로 있음
- 상인 : 승려의 높임 말 / • 기맥 : 번화한 거리

肯 즐길 긍 : 즐기다, 감히
趨 달릴 추 : 뒤쫓다, 추구하다 / 若 같을 약 : ~ 와 같다, 이에

가야사 늙은 주지승 시를 차운하다 (2)

하직을 하고 한가하게 녹야당을 여니
산과 물의 경치가 뛰어난 고향땅이요
무성한 국화와 송죽은 삼경을 이루고
거문고와 도서가 책상에 함께 한다네
다만 지둔과 허순 사귐처럼 이어지길
어찌 김일제와 장탕의 부를 부러하리
옛 선인들 늦게 돌아왔기에 가소롭소
벼슬길에 풍파가 거세고 끝이 없는데

次伽倻寺住老韻 2 (李仁復, 1308~1374)

林下閒開綠野堂　溪山勝景稻魚鄕
菊將松竹成三逕　琴與圖書共一牀
但願交遊繼支許　何須富貴羨金張
古人可笑歸來晚　宦路風波浩莫量

차가야사주노운 2 (이인복)

임하한개녹야당　계산승경도어향
국장송죽성삼경　금여도서공일상
단원교유계지허　하수부귀선금장
고인가소귀래만　환로풍파호막량

- 임하 : 그윽하고 고요한 곳, 하직하고 사는 곳
- 도어향 : 고향 땅, 풍족한 마을
- 삼경 : 은자의 작은 정원 길(국화, 소나무, 대나무)
- 지허 : 진나라 승려 지둔(支遁)과 학자 허순(許詢)
- 금장 : 한나라 공신 금일제(金日磾)와 장탕(張湯)
將 장수 장, 장차 장 : 장차, 문득, 그리고, 청컨데

가야사 늙은 주지승 시를 차운하다 (3)

가는 세월 물처럼 힘차게 흘러가니
텃밭 일구며 여생을 향리에 맡기네
산비가 오면 새로운 시가 생각나고
나무 그늘로 평상을 수시로 옮기네
집안이 궁핍해 읽을 책도 조금이요
객이 찾아오면 펼칠 방석이 없다네
조만간 표연히 높으신 스님 모시고
산림에 고상한 정취 함께 논하려네

次伽倻寺住老韻 3 (李仁復, 1308~1374)

流年逐水去堂堂　農圃餘生寄此鄕
山雨來時新得句　樹陰深處屢移床
家貧只有書堪讀　客至還無席可張
早晩飄然陪杖屨　山林高趣共論量

차가야사주노운 3 (이인복)

유년축수거당당　농포여생기차향
산우내시신득구　수음심처누이상
가빈지유서감독　객지환무석가장
조만표연배장구　산림고취공론량

• 장구 : 지팡이와 신, 이름난 사람의 자취, 스승
• 표연 : 모든 것을 떨쳐 버려 얽매인 것 없음

還 돌아올 환 : 조차, 까지도
可 옳을 가 : 가히, 넉넉히
張 베플 장 : 벌려놓다 / 陪 모실 배 : 모시다, 더하다

도의 즐거움을 읊다

집이라야 푸른 산 꼭대기 있지만
예부터 전하는 귀한 거문고 있네
곡조야 한 번쯤 뜯어도 좋겠지만
다만 소리를 알아주는 이 없다네

樂道吟 (李資玄, 1061~1125)

家住碧山岑　從來有寶琴
不妨彈一曲　祇是小知音

낙도음 (이자현)

가주벽산령　종래유보금
불방탄일곡　지시소지음

• 지음 : 거문고 소리를 듣고 안다는 뜻으로 속마음까지 알
아주는 친구

岑 고개 령 : 고개, 재, 산봉우리
琴 거문고 금 : 거문고, 거문고 타는 소리
祇 다만 지, 땅귀신 기 : 다만, 마침, 땅귀신

붉은 나무

간밤 나뭇잎 하나 지는 소리에 놀라
온 숲은 홀연히 맑은 서리로 변했네
푸른 산 기운 쓸쓸히 전각을 비추고
터럭 백발 쉬이 자람은 알지 못하네
시든 동산 힐끗 보니 가을이 괴롭고
먼 산은 당돌히 석양에 밝게 보이네
문득 지난해 바로 오늘 연연의 길에
병풍 같은 산속을 가던 일 생각나네

紅樹 (李藏用, 1201~1272)

一葉初驚落夜聲　千林忽變向霜晴
最憐照殿靑嵐影　不覺催生白髮莖
廢苑瞞盱秋思苦　遙山唐突夕陽明
去年今日燕然路　記得屛風嶂裏行

홍수 (이장용)

일엽초경낙야성　천림홀변향상청
최련조전청람영　불각최생백발경
폐원만우추사고　요산당돌석양명
거년금일연연로　기득병풍장리행

- 최련 : 불쌍하다, 가엾다, 사랑스럽다
- 청람 : 멀리 보이는 산의 푸르스름한 기운
- 연연 : 몽고의 산(燕然山) 이름

莖 줄기 경 : 줄기, 대
瞞 속일 만, 부끄러워할 문 : 속이다, (눈을)감다
盱 쳐다볼 우 : 쳐다보다, 바라보다

고정산

강변에 산은 곱다랗게 단장한 눈썹이요
인가 곳곳 울타리에는 무궁화가 피었네
배를 멈추고서 솔숲에 절을 찾아가려다
지팡이 짚고서 대숲에 연못을 살펴보네
저녁에는 돛배 그림자가 풀밭까지 닿고
새벽 종소리는 구름에서 더디게 나오네
난간에서 삼오를 바라보니 꾀나 작구나
상상하네 대장군이 말을 세웠던 그때를

高亭山 (李齊賢, 1287~1367)

江上山如淡掃眉　人家處處槿花籬
停舟欲問松間寺　策杖先窺竹下池
帆影暮連芳草遠　鍾聲曉出白雲遲
憑欄一望三吳小　想像將軍立馬時

고정산 (이제현)

강상산여담소미　인가처처근화리
정주욕문송간사　책장선규죽하지
범영모연방초원　종성효출백운지
빙난일망삼오소　상상장군입마시

• 고정산 : 황해도에 소재
• 삼오 : 오나라의 오군(吳郡), 오흥(吳興), 회계(會稽)의 세
지역

眉 눈썹 미 : 눈썹 / 窺 엿볼 규 : 엿보다, 훔쳐보다
策 채찍 책, 꽤 책 : 채찍, 지팡이, 꽤

눈 내린 다경루에서

높은 누각에 함박눈 내려 진정 기쁘고
맑은 뒤에는 전과 다른 멋진 풍경일세
만 리에 높은 하늘은 은세계로 둘렸고
옛 여섯 나라 산들은 수정궁을 품었네
큰 바다에 해는 취한 눈에 어른거리고
초목에 부는 바람 시심에 맑게 스미네
웃음을 거두니 구구한 일 어찌 많았나
십여 년을 땀에 젖어가며 길을 다녔네

多景樓雪後 (李齊賢, 1287~1367)

樓高正喜雪漫空　晴後奇觀更不同
萬里天圍銀色界　六朝山擁水精宮
光搖醉眼滄溟日　淸透詩腸草木風
却笑區區何事業　十年揮汗九街中

다경루설후 (이제현)

누고정희설만공　청후기관갱부동
만리천위은색계　육조산옹수정궁
광요취안창명일　청투시장초목풍
각소구구하사업　십년휘한구가중

- 다경루 : 강소성에 있는 오나라의 절에 위치
- 기관 : 기이한 광경, 매우 멋진 경치
- 육조 : 오(吳), 동진(東晉), 송(宋), 제(齊), 양(梁), 진(陳)
- 수정 : 물속에 산다는 요정, 달의 다른 이름
- 창명 : 큰 바다 / ·휘한 : 땀을 뿌림
- 구가 : 번잡한 거리

226

배를 타고 아미산으로 가다

금강 강물에 구름이 흘러가는 가을이라
여구곡을 부르고 나서 주점을 내려오니
붉은 깃발은 바람에 펄렁펄렁 나부끼고
어기야 뱃노래에 물은 유유히 흘러가네
비에 떠는 송아지 어물전으로 들어가고
파도는 갈매기를 쉬이 객선으로 보내네
누가 말했나 서생이 참으로 불우하다고
매양 나랏일로 배불리 유람을 다니는데

放舟向蛾眉山 (李齊賢, 1287~1367)

錦江江上白雲秋　唱徹驪駒下酒樓
一片紅旌風閃閃　數聲柔櫓水悠悠
雨催寒犢歸漁店　波送輕鷗近客舟
孰謂書生多不遇　每因王事飽淸遊

방주향아미산 (이제현)

금강강상백운추　창철여구하주루
일편홍기풍섬섬　수성유노수유유
우최한독귀어점　파송경구근객주
숙위서생다불우　매인왕사포청유

- 아미산 : 서촉(西蜀)에 있는 산
- 금강 : 사천성에 있는 강
- 여구곡 : 검은 말(驪駒)을 탄 사람과 작별을 읊은 노래
- 주루 : 잘 꾸며서 술을 파는 집
- 청유 : 풍취 있는 놀이, 속세를 떠나 자연을 즐김
閃 번쩍일 섬 : 나부끼다

보덕굴

시원한 바람 바위 골짝서 불어오고
계곡에 물은 깊어 더욱더 푸르구나
지팡이 짚고 층층 산마루 바라보니
날렵한 처마로 구름이 내려와 타네

普德窟 (李齊賢, 1287~1367)

陰風生巖谷　溪水深更綠
倚杖望層巓　飛簷駕雲來

보덕굴 (이제현)

음풍생암곡　계수심갱록
의장망층전　비첨가운래

• 보덕굴 : 금강산 비로봉 남서쪽 기슭에 있는 절
• 음풍 : 산세가 험준한 골짜기에 생기는 찬바람

駕 가마 가, 멍에 가 : 탈것, 타다

눈 내린 산속의 밤

종잇장 같은 이불은 차고 불등은 어두운데
어린 사미승은 밤사이 종까지 치지 않았네
객이 일찍이 문을 연다고 짜증을 내겠지만
앞뜰에 눈이 쌓인 소나무를 보려고 함이네

山中雪夜 (李齊賢, 1287~1367)

紙被生寒佛燈暗　沙彌一夜不鳴鍾
應嗔宿客開門早　要看庭前雪壓松

산중설야 (이제현)

지피생한불등암　사미일야불명종
응진숙객개문조　요간정전설압송

・지피 : 종잇장같이 얇은 이불

被 입을 피 : 입다, 덮다, 이불
應 응할 응 : 응하다, 맞장구치다, 아마도
嗔 성낼 진 : 성내다, 책망하다

소상강 밤비

단풍잎과 갈대꽃 피는 수국에 가을
온 강에 비바람이 조각배에 뿌리니
초나라 나그네가 삼경에 놀라 깨어
상비의 오랜 시름을 나누어 가졌네

瀟湘夜雨 (李齊賢, 1287~1367)

楓葉蘆花水國秋　一江風雨灑片舟
驚回楚客三更夢　分與湘妃萬古愁

소상야우 (이제현)

풍엽노화수국추　일강풍우쇄편주
경회초객삼경몽　분여상비만고수

•상비 : 요임금의 두 딸로 순임금의 두 비인 아황과 여영,
초나라의 상수(湘水)에 빠져 죽었는데 그 눈물이 대나무에
얼룩져 반죽(斑竹)이 되었다 전함

분여 : 나누어 줌

임안 해회사에서 묵다

절의 불당은 멀리 높고도 험한데 있기에
모래톱에 배를 대고 밤에 겨우 당도했네
산골에 달은 발소리 따라 별채까지 오고
개울 바람은 방에 들어와 옥구슬 울리네
산은 소동파로 이미 오래전 명성이 났고
나무도 전씨 왕조의 많은 일들을 보았네
밭 언덕에 봄이 찾아와도 꽃은 적적하고
골짜기에 새가 시골 노래에 화답을 하네

宿臨安海會寺 (李齊賢, 1287~1367)

梵宮臺殿遠嵯峨　沙步移舟夜始過
峽月轉廊隨響屐　溪風入戶動鳴珂
山因蘇子知名久　樹自錢王閱事多
陌上春歸花寂寂　惟聞谷鳥和村歌

숙임안해회사 (이제현)

범궁대전원차아　사보이주야시과
협월전랑수향극　계풍입호동명가
산인소자지명구　수자전왕열사다
맥상춘귀화적적　유문곡조화촌가

- 임안 : 중국 남송의 수도, 저장성
- 범궁 : 절과 불당의 통틀어 일컬음
- 차아 : (산이)높고 험함. 步 걸을 보 : 걷다, 나루터
- 전왕 : 오월(吳越)의 왕 전씨(錢氏)
屐 나막신 극 : 나막신 / 廊 사랑채 랑, 행랑 랑
珂 마노 가 : 마노(보석의 한 가지), 말굴레 장식

백화헌

이르노니 꽃을 더는 심지를 마라
수가 백이나 되면 넘기지를 말고
설매상국 고결한 품격 꽃 이외는
울긋불긋 천한 것 실없이 많더라

百花軒 (李兆年, 1269~1343)

爲報栽花更莫加　數盈於百不須過
雪梅霜菊淸標外　浪紫浮紅也謾多

백화헌 (이조년)

위보재화갱막가　수영어백불수과
설매상국청표외　낭자부홍야만다

• 청표 : 고결한 품격
• 설매상국 : 눈과 서리에 핀 매화와 국화

栽 심을 재 : 심다, 묘목
浪 물결 랑 : 뜨다, 물결치다, 함부로
浮 뜰 부 : 뜨다, 가볍다, 지나치다
謾 속일 만 : 속이다, 업신여기다, 공연히

평양에서 즉흥시를 지어 읊다

대동강 강물은 유리처럼 푸르고
궁궐에 꽃은 아름다운 비단이요
임금님의 유람은 호사가 아니라
태평세월 백성과 즐기려 함이네

西都口號 (李之氐, 1092~1145)

大同江水琉璃碧　長樂宮花錦繡紅
玉輦一遊非好事　太平風月與民同

서도구호 (이지저)

대동강수유리벽　장낙궁화금수홍
옥련일유비호사　태평풍월여민동

• 서도 : 평양
• 구호 : 즉석에서 시를 지어 읊음
• 장낙궁 : 중국 한나라 때 궁전
• 옥련 : 임금이 거둥할 때 타고 다니던 가마

琉 유리 유 / 璃 유리 리
繡 수놓을 수 : 수놓다, 오색을 갖추다

산에 머물다 우연히 짓다

하늘 가득한 산에 푸르름이 옷을 적시고
초록 물빛 연못에는 흰 새가 날아다니네
울창한 숲속에 머물며 밤을 보낸 안개는
남풍 부니 가랑비 되어 부슬부슬 내리네

山居偶題 (李瑱, 1244~1321)

滿空山翠滴人衣　草綠池塘白鳥飛
宿霧夜栖深樹在　午風吹作雨霏霏

산거우제 (이진)

만공산취적인의　초록지당백조비
숙무야서심수재　오풍취작우비비

• 오풍 : 남풍, 마파람

滴 물방울 적
霧 안개 무 : 안개, 어둡다
栖 깃들 서 : 깃들다, 거처하다, 살다
霏 눈 펄펄 내릴 비

정상국에 부치다

숲은 아득 멀리 모래섬을 감싸 안고
안개 짙은 너른 강물은 흐르지 않네
휘영청 가을 달빛이 배에 가득 차면
긴 피리 즐겨 불며 강루를 지나가리

寄鄭相國 (李集, 1327~1387)

平林渺渺抱汀洲　十頃煙波漫不流
待得滿船秋月白　好吹長笛過江樓

기정상국 (이집)

평림묘묘포정주　십경연파만불류
대득만선추월백　호취장적과강루

• 이집 : 자는 호연, 호는 둔촌
• 연파만리 : 연기나 안개가 낀 아득히 먼 수면
• 정주 : 물이 얕고 흙이나 모래가 드러난 곳
• 강루 : 여주 청심루

渺 아득할 묘 : 아득하다, 끝없이 넓다
抱 안을 포 : 안다, 품다, 둘러싸다

여주 글제로 짓다

세상은 끝이 없지만 삶에 끝은 있어
홀홀 가고픈 맘 어느 곳으로 가려나
여강 한 구비에 산자락은 그림 같아
반은 단청 반은 아름다운 시와 같네

驪州題詠 (李集, 1327~1387)

天地無涯生有涯　浩然歸志欲何之
驪江一曲山如畫　半似丹靑半似詩

여주제영 (이집)

천지무애생유애　호연귀지욕하지
여강일곡산여화　반사단청반사시

• 이색의 시로 알려져 있기도 함
• 호연 : 물이 그침이 없이 흐르는 모양

涯 물가 애 : 물가, 끝, 한계

칠석날 경지 김구용에 부치다

세세연년 세월이 한번은 다시 돌아와
천상에 신선도 만나는 기약이 있는데
인간 세상은 어찌하여 이별이 많은가
서풍에 또다시 벽오동 가지 흔들리네

七夕寄敬之 (李集, 1327~1387)

年年歲歲一回歸　天上神仙會有期
人世何爲離別足　西風又動碧梧枝

칠석기경지 (이집)

년년세세일회귀　천상신선회유기
인세하위이별족　서풍우동벽오지

한양 가는 길에

몸은 병이 들어 이미 노쇠한데
객지에 또 한 해가 저물어가네
수척한 말은 지는 해에 우는데
지친 하인 등으로 삭풍이 부네
임진강 물은 모두 다 얼어붙고
화악 하늘에 눈은 연이어 내려
고개 돌려 송악산 아래를 보니
그대 집이 아득히 멀리 있구려

漢陽途中 (李集, 1327~1387)

病餘身已老　客裏歲將窮
瘦馬鳴斜日　羸僮背朔風
臨津水合凍　華岳雪連空
回首松山下　君門縹緲中

한양도중 (이집)

병여신이노　객리세장궁
수마명사일　이동배삭풍
임진빙합동　화악설연공
회수송산하　군문표묘중

• 화악 : 고려시대 북한산의 별칭

羸 파리할 리 : 파리하다
僮 아이 동 : 아이, 하인

부벽루

영명사 중은 어디 갔나 보이지 않고
절 앞으로 푸른 강물만 절로 흐르네
쓸쓸한 달빛 뜰에 탑은 외로이 솟고
인적 없는 나루에 작은 배 비껴있네
먼 하늘 새는 어느 곳으로 날아가나
너른 벌판에 동풍은 쉬지 않고 부네
지난 일이 서글퍼도 물을 곳이 없어
옅은 안개 지는 해에 시름 젖는구나

浮碧樓 (李混, 1252~1312)

永明寺中僧不見　永明寺前江自流
月空孤塔立庭際　人斷小舟橫渡頭
長天去鳥欲何向　大野東風吹不休
往事微凉問無處　淡煙斜日使人愁

부벽루 (이혼)

영명사중승불견　영명사전강자류
월공고탑입정제　인단소주횡도두
장천거조욕하향　대야동풍취불휴
왕사미량문무처　담연사일사인수

• 영명사 부벽루 : 평양 금수산 소재
• 미량 : 조금 서늘하고 쓸쓸함

際 즈음 제, 가 제 : 즈음, 가, 끝, 변두리

강촌의 밤 정취

어둑한 달빛에 까마귀 물가를 날고
안개 자욱한 강물은 절로 출렁이네
고깃배는 오늘 밤 어디서 묵어가나
멀리서 한 가락 노랫소리 들려오네

江村夜興 (任奎, 1119~1187)

月黑烏飛渚　烟沈江自波
漁舟何處宿　漠漠一聲歌

강촌야흥 (임규)

월흑오비저　연침강자파
어주하처숙　막막일성가

• 막막 : 소리가 들릴 듯 말 듯 멂, 고요하고 쓸쓸함

渚 물가 저 : 물가, 모래섬

겨울에 길을 떠나며

이른 아침에 홀로 낙주성을 떠나
단정 장정을 몇 번이나 지나왔나
말에 앉아 희끗희끗한 눈 밟으며
채찍 들어 푸른 봉우리 세어보네
하늘가에 해가 걸려 마음 급하고
들판 찬바람에 취한 얼굴이 깨네
적막한 촌락에 오늘 밤 묵으려니
집마다 문은 이미 빗장이 걸렸네

冬日途中 (林椿, 인종)

凌晨獨出洛州城　幾許長亭與短亭
跨馬行衝微雪白　擧鞭吟數亂峯靑
天邊日落歸心促　野外風寒醉面醒
寂寞孤村投宿處　人家門戶早常局

동일도중 (임춘)

능신독출낙주성　기허장정여단정
과마행충미설백　거편음수난봉청
천변일낙귀심촉　야외풍한취면성
적막고촌투숙처　인가문호조상경

• 낙주성 : 개성에 비유함
• 능신 : 새벽을 범한다 하여 이른 새벽을 말함
• 단정 : 오 리 / • 장정 : 십 리
• 난봉 : 모양새가 고르지 않고 여기저기 솟은 산봉우리
衝 찌를 충 : 찌르다, 움직이다, 길, 거리
常 항상 상 : 일찍이, 애초에, 늘 / 扃 빗장 경, 살필 경

꾀꼬리 소리

촌락에 오디 익고 보리가 여물자
푸른 숲에 꾀꼬리 소리 들려오고
낙양 꽃밭에 놀던 풍객을 아는지
은근히 쉬지 않고 지저귀고 있네

聞鶯 (林椿, 고려 중기)

田家葚熟麥將稠　綠樹初聞黃栗留
似識洛陽花下客　殷懃百囀未能休

문앵 (임춘)

전가심숙맥장조　녹수초문황율류
사식낙양화하객　은근백전미능휴

- 황률 : 황조(꾀꼬리)
- 낙양화 : 모란꽃 / • 낙양 : 중국의 옛 고도

葚 오디 심
稠 빽빽할 조 : 많다, 농후하다
殷 괴로워할 은, 은근할 은
懃 은근할 근 : 은근하다, 정성스럽다

이차돈을 기리다

의로움에 가벼이 버린 목숨 족히 놀라니
눈처럼 하얀 우윳빛에 더욱 정을 더하네
홀연히 단칼에 육신은 죽어 갔어도 후일
임금 계신 서라벌은 절마다 종이 울렸네

厭髑讚 (一然, 1206~1289, 승)

徇義輕生已足驚　天花白乳更多情
俄然一劍身亡後　院院鐘聲動帝京

염촉찬 (일연)

순의경생이족경　천화백유갱다정
아연일검신망후　원원종성동제경

• 이차돈이 처형 당하자 목에서 흰 우유가 나왔다 함
• 천화 : 눈 / • 아연 : 급작스레
• 제경 : 임금이 있는 도읍

徇 돌 순 : 돌다, 쫓다, 따라 죽다
已 이미 이 : 이미, 매우, 대단히

3장

승평에 연자루를 지나며

서리 내린 연자루 달빛은 처량한데
낭관의 먼먼 옛날에 곡조를 꿈꾸네
당시에 좌객이여 늙음을 싫어 마소
누각에 고왔던 여인도 백발 됐다오

過昇平燕子樓 (張鎰, 1207~1276)

霜月凄涼燕子樓　郞官一曲夢悠悠
當時座客休嫌老　樓上佳人亦白頭

과승평연자루 (장일)

상월처량연자루　낭관일곡몽유유
당시좌객휴혐노　누상가인역백두

• 승평 : 전라남도 순천 지역의 옛 지명
• 낭관 : 승평부사 손억
• 가인 : 낭관(손억)이 좋아하던 기생 호호(好好)

悠 멀 유 : 멀다, 아득하다

글로 회포를 풀다

팔순의 양친 부모님 계시는 고향에
오마 타고 찾아뵈니 흥이 일어나네
수주를 올리니 맛있는 술은 넘치고
색동옷 춤추는 비단 자리 향기롭네
한가함이 좋아 꽃 둔덕에서 취하고
나랏일 하다 초당에 누운들 어떠리
맑은 강에서 곧은 낚시를 드리우다
후일에 백발 되면 문왕을 만나려네

書懷 (張天翼, 생몰 미상)

八旬雙鶴老家鄕　五馬歸寧興夏長
壽酒獻來霞液溢　班衣舞處錦筵香
身閒正好醉花塢　世治何妨臥草堂
欲向淸江垂直釣　白頭他日遇文王

서회 (장천익)

팔순쌍학노가향　오마귀녕홍갱장
수주헌래하액일　반의무처금연향
신한정호취화오　세치하방와초당
욕향청강수직조　백두타일우문왕

> • 귀녕 : 친정에 가서 아버지를 뵘
> • 수주 : 장수를 축하하는 술
> • 오마 : 말 다섯 필이 끄는 수레나 지방 수령
> 來 올 래 : 오다, 위로하다
> 霞 노을 하 : 노을, 술, 맛있는 술 / 夏 고칠 경 : 다시 갱
> 妨 방해할 방 : 방해하다, 거리끼다

계림 동편 정자에서

장부 더미 속에서 온종일 끙끙대다
우연히 손님을 맞아 관문을 나섰네
가는 물 굽어보고 세월을 탄식하며
청산을 마주 보니 너무도 부끄럽네
공허한 반월성 강물에 달빛은 밝고
고운이 떠나가니 들 구름도 한가해
다시 또 도령의 귀거래사 생각하니
천재고풍 수월히 오를 수가 없구나

鷄林東亭 (田祿生, 1318~1375)

終日昏昏簿領間　偶因迎客出郊關
俯看逝水嘆流景　坐對靑山多厚顔
半月城空江月白　孤雲仙去野雲閑
更尋陶令歸來賦　千載高風未易攀

계림동정 (전록생)

종일혼혼부령간　우인영객출교관
부간서수탄류경　좌대청산다후안
반월성공강월백　고운선거야운한
갱심도령귀래부　천재고풍미이반

- 계림 : 경주 반월성과 대릉원 사이에 있는 숲
- 혼혼 : 정신이 아뜩한 모습
- 부령 : 관청의 문서와 장부
- 후안 : 두꺼운 낯가죽, 염치없음
- 고운 : 최치원 / ・도령 : 도잠, 도연명
- 고풍 : 높은 곳에서 부는 바람, 뛰어난 인덕

賦 부세, 문제 부 : 문제 이름, 읊다, 매기다 景 볕 경 : 해, 경치

합포영에서 짓다

이곳의 유람이 십여 년 전이었는데
어찌하여 이 새벽에 진영에 와있나
벽에 못난 글이여 나를 알아보는가
일찍이 그 해에 글쓴이가 누구인지

題合浦營 (田祿生, 1318~1375)

此地前遊僅十春　豈圖來鎭有今晨
壁間拙字知予否　曾是當年下筆人

제합포영 (전록생)

차지전유근십춘　기도래진유금신
벽간졸자지여부　증시당년하필인

- 합포영 : 지금의 마산
- 기도 : 어찌~하다
- 하필 : 붓을 들어 쓴다는 뜻으로 시나 글을 지음을 이르는 말

僅 겨우 근 : 겨우, 단지, 가까스로
否 막힐 부 : 아니다, 아느냐, ~느냐

김해 기생 옥섬섬에게

바다에는 신선의 일곱 푸른 봉우리
거문고에는 둥근 달이 훤히 빛나네
세상에 고운 손 옥섬섬이 없었다면
누구라 능히 태고의 정을 연주하리

贈金海妓玉纖纖 (田祿生, 1318~1375)

海上仙山七點靑　琴中素月一輪明
世間不有纖纖手　誰肯能彈太古情

증김해기옥섬섬 (전록생)

해상선산칠점청　금중소월일륜명
세간불유섬섬수　수긍능탄태고정

• 칠점산 : 김해 남쪽 포구에 있었다 전해지는 산(섬)
• 수긍 : 누가 ~하겠는가

纖 가늘 섬 : 가늘다, 잘다

구름

진창에서 겨우 솟은 작은 조각들이
어느 틈에 동서남북 아래위 퍼졌네
장마에 마른 초목 살려주라 했더니
공연히 중천에 해와 달을 가렸구나

雲 (鄭可臣, 1224~1298)

一片纔從泥上生　東西南北已縱橫
謂爲霖雨蘇羣槁　空掩中天日月明

운 (정가신)

일편재종니상생　동서남북이종횡
위위임우소군고　공엄중천일월명

纔 재주 재 : 재주, 겨우, 조금
從 좇을 종 : 좇다, 따르다, 모시다, 모이다
縱 세로 종 : 세로, 늘어지다
謂 이를 위 : 이르다, 말하다
羣 무리 군
槁 마를 고 : 마르다, 여위다, 위로하다

지리산에 들어가는 벗을 송별하다

듣자니 그대가 곧 깊은 산으로 간다기에
겹겹의 안개와 노을에 묻힐 것을 알겠네
흐르는 물에 떨어진 꽃도 길을 헤매려니
훗날 어디로 가야 높은 발자취를 찾을까

送友人入智異山 (靜明, 1206~1248, 승)

聞君直入千峰裏　知在烟霞第幾重
流水洛花迷去路　他年何處訪高蹤

송우인입지리산 (정명)

문군직입천봉리　지재연하제기중
유수낙화미거로　타년하처방고종

강남곡

강남에 여아가 머리에 꽃을 꽂고
웃으며 짝을 불러 방주에서 노네
노를 저어 돌아오니 해는 저물고
원앙은 나는데 시름은 끝이 없네

江南曲 (鄭夢周, 1337~1392)

江南女兒花揷頭　笑呼伴侶游芳洲
蕩槳歸來日欲暮　鴛鴦雙飛無限愁

강남곡 (정몽주)

강남여아화삽두　소호반려유방주
탕장귀래일욕모　원앙쌍비무한수

• 방주 : 맑고 아름다운 물가
• 탕장 : 노를 젓다

揷 꽂을 삽 : 꽂다, 끼우다, 삽입하다
蕩 방탕할 탕 : 흔들다, 움직이다
槳 상앗대 장 : 상앗대, 작은 노, 돛대

경사의 나그네 밤

객지에 밤을 누가 찾아오리
나직한 읊조림에 밤은 깊어
시상은 침상서 생각이 나고
벽등이 있어 방안이 밝구나
묵묵히 예전 일을 생각하며
아득히 남은 여정을 셈하다
문득 잠에서 놀라 깨어보니
어린애가 닭이 운다 알리네

京師客夜 (鄭夢周, 1337~1392)

客夜人誰問　沈吟欲二更
詩從枕上得　燈在壁間明
默默思前事　遙遙計去程
俄然睡一覺　童僕報鷄鳴

경사객야 (정몽주)

객야인수문　침음욕이경
시종침상득　등재벽간명
묵묵사전사　요요계거정
아연수일교　동복보계명

• 경사 : 중국의 북경
• 침음 : 속으로 깊이 생각함
• 벽등 : 벽에 걸린 초롱이나 전등 / • 아연 : 급작스레
間 사이 간 : 사이, 때, 방
俄 아까 아 : 갑자기, 아까
僕 종 복 : (사내)종, 마부

김득배 원사의 죽임을 슬퍼하다

군은 본시 유생으로 토문이 적합한데
어찌해 검을 들어 삼군을 거느리었소
그대의 충혼장백이 지금 어디에 있나
청산을 돌아보니 하늘에 구름 떠가네

哭金元師得培 (鄭夢周, 1337~1392)

君是儒生合討文　柰何提劒將三軍
忠魂壯魄今安在　回首靑山空白雲

곡김원사득배 (정몽주)

군시유생합토문　나하제검장삼군
충혼장백금안재　회수청산공백운

• 김득배 : 정몽주의 스승으로 홍건적을 격파하고 큰 공을
세웠으나 간신배의 모함으로 효수됨, 공민왕 허락하에 정몽
주가 제문을 짓고 장사 지냄
• 삼군 : 좌, 우, 중군의 고려 군사 조직
• 충혼장백 : 충성스런 혼과 장한 넋

討 칠 토 : 치다, 공격하다, 탐구하다, 연구하다
提 끌 제 : 끌다, 이끌다, (손에)들다

정언 이존오에 부치다

봄바람 부니 괴로이 이장사 생각에
남쪽 누대를 서성이니 해가 기우네
선실승은이 응당 멀리 있지 않으니
석탄에 밝은 달을 자랑하지 마시오

寄李正言存吾 (鄭夢周, 1337~1392)

春風苦憶李長沙　徙倚南樓日欲斜
宣室承恩應未遠　石灘明月不須誇

기이정언존오 (정몽주)

춘풍고억이장사　사의남루일욕사
선실승은응미원　석탄명월불수과

• 이존오 : 정언의 직책시 신돈을 탄핵하다 공민 왕의 노여움을 사 장사감무(長沙監務)로 좌천되어 이장사로 불렸음
• 선실승은 : 임금의 부름
• 석탄 : 공주 지역의 석탄, 석탄에 살던 정언 이존오의 호

徙옮길 사 : 옮기다, 자리를 옮기다

다경루에서 계담에 주다

흉중에 품었던 호연지기 펼치려면
모름지기 감로사 누각에 오시기를
옹성에 나팔소리 석양에 들려오고
가랑비에 과포로 돛단배 돌아오네
가마솥에는 양나라 세월 남아있고
높은 난간은 초나라를 내리누르네
누각에서 온종일 스님과 얘기하다
팔천 리에 우리나라를 잊었었다네

多景樓贈季潭 (鄭夢周, 1337~1392)

欲展胸中氣浩然　須來甘露寺樓前
瓮城畫角斜陽裏　瓜浦歸帆細雨邊
古鑊尙留梁歲月　高軒直壓楚山川
登臨半日逢僧話　忘却東韓路八千

다경루증계담 (정몽주)

욕전흉중기호연　수래감로사루전
옹성화각사양리　과포귀범세우변
고확상유양세월　고헌직압초산천
등임반일봉승화　망각동한로팔천

• 다경루 : 중국 강소성 윤주 감로사에 있는 누각
• 화각 : 문양을 넣어 곱게 그린 뿔피리
• 과포 : 양자강에 있던 포구
• 로팔천 : 개성에서 남경까지 사행 온 거리

瓮 독 옹 : 독, 항아리, 물장군 / 鑊 가마솥 확 : 가마솥

전주 망경대에 오르다

천 길 봉우리 바윗길을 가로질러
오르니 넘치는 정을 어찌 못하네
청산엔 희미한 부여국 흔적 있고
누런 잎 백제성에 분분히 날리네
구월 높은 바람에 객은 시름겹고
십여 년 호기가 서생을 그르쳤네
하늘가에 해는 지고 구름이 모여
간절하나 옥경을 바라볼 수 없네

登全州望京臺 (鄭夢周, 1337~1392)

千仞岡頭石逕橫　登臨使我不勝情
青山隱約扶餘國　黃葉繽紛百濟城
九月高風愁客子　十年豪氣誤書生
天涯日沒浮雲合　翹首無由望玉京

등전주망경대 (정몽주)

천인강두석경횡　등림사아불승정
청산은약부여국　황엽빈분백제성
구월고풍수객자　십년호기오서생
천애일몰부운합　교수무유망옥경

• 이성계와 남원에서 왜구 토벌 후 개선 길에 지은 시
• 은약 : 말이 분명치 않음, 아주 작고 간략함
• 교수 : 간절히 원함
• 옥경 : 옥황상제가 산다는 가상의 하늘

仞 길 인 : 길다, 높다, 길(길이의 단위)
翹 뛰어날 교, 치켜세울 교 : 뛰어나다, 꼬리, 날개

명원루

푸른 시내와 절벽이 마을을 품어 돌고
다시 세운 누각이 눈앞에 활짝 열렸네
남쪽 이랑에 누런 이삭 풍년을 알겠고
서산에 상쾌한 기운 아침 옴을 알리네
풍류 태수는 쌀 이천 석의 벼슬자리라
옛 벗과 해후하여 삼백 잔을 기울이니
이내 밤은 깊어가 옥피리 잡아 불면서
밝은 달에 올라가 함께 거닐고 싶었네

明遠樓 (鄭夢周, 1337~1392)

青谿石壁抱州迴　更起新樓眼豁開
南畝黃雲知歲熟　西山爽氣覺朝來
風流太守二千石　邂逅故人三百盃
直欲夜深吹玉笛　高攀明月共徘徊

명원루 (정몽주)

청계석벽포주회　갱기신루안활개
남무황운지세숙　서산상기각조래
풍류태수이천석　해후고인삼백배
직욕야심취옥적　고반명월공배회

- 명원루 : 경북 영천에 소재, 현 이름은 조양각
- 황운 : 들판에 누렇게 익은 벼
- 세숙 : 풍년, 가을이 깊다 / ·조래 : 아침부터
- 해후 : 오랫동안 헤어졌다가 뜻밖에 다시 만남
- 직욕 : 곧바로
- 豁 뚫린 골짜기 활 : 뚫린 골짜기, 소통하다

복주에서 앵두를 먹고

오월 요동 더위는 아직 미미하나
갓 익은 앵두가 밑가지를 누르네
햇것 먹고 객로에 외려 애타함은
임금님 천묘 시 드리지 못해서네

復州食櫻桃 (鄭夢周, 1337~1392)

五月遼東暑氣微　櫻桃初熟壓低枝
嘗新客路還腸斷　不及吾君薦廟時

복주식앵도 (정몽주)

오월요동서기미　앵도초숙압저지
상신객로환장단　불급오군천묘시

• 복주 : 요동의 남쪽 지방
• 천묘 : 조상에 올리는 제사

及 미칠 급 : 미치다, (장소, 시간에)도달하다, 닿다
嘗(甞) 맛볼 상 : 맛보다, 음식을 맛보다, 경험하다
薦 천거할 천 : 천거하다, 드리다, 올리다

일본에 사신으로 가서 (1)

근래 나그네로 이미 먼 유람을 했는데
또다시 바다 동쪽 끝의 풍속을 본다네
지나던 이가 신을 벗어 존장을 대하고
지사는 칼을 갈아 대대로 원수를 갚네
눈이 깊어 약초밭에 파란 잎은 여리고
매화촌에 달이 지면 은은한 향이 도네
아름답다 해도 우리 땅이 아님을 아니
언제쯤 배를 구해 돌아간다 말을 하나

奉使日本 1 (鄭夢周, 1337~1392)

客子年來已遠遊　又觀風俗海東頭
行人脫履邀尊長　志士磨刀報世讎
藥圃雪深新綠嫩　梅村月落暗香浮
自知信美非吾土　何日言歸訪葉舟

봉사일본 1 (정몽주)

객자년래이원유　우관풍속해동두
행인탈리요존장　지사마도보세수
약포설심신녹눈　매촌월낙암향부
자지신미비오토　하일언귀방엽주

- 존장 : 웃어른
- 세수 : 대대로 내려오는 원수
- 약포 : 채마밭, 들, 뜰
- 신미 : 참으로 아름다움

嫩 고울 눈 : 곱다, 연약하다(軟弱--), 어리다

일본에 사신으로 가서 (2)

바다섬에 오랜 세월 마을이 열리니
배를 타고 건너와 오랫동안 다녔네
산승은 매번 시를 얻으려 찾아오고
지주는 때를 맞추어 술을 보내주네
외려 인정에 기대니 즐거움이 있어
물색이 다르다 서로를 시기치 말자
이방이라 흥취가 없다 누가 말하랴
하루는 견여를 빌려 매화를 찾았네

奉使日本 2 (鄭夢周, 1337~1392)

海島千年郡邑開　乘舟到此久徘徊
山僧每爲求詩至　地主時能送酒來
却喜人情猶可賴　休將物色共相猜
殊方孰謂無佳興　日借肩輿訪早梅

봉사일본 2 (정몽주)

해도천년군읍개　승주도차구배회
산승매위구시지　지주시능송주래
각희인정유가뢰　휴장물색공상시
수방숙위무가흥　일차견여방조매

* 견여 : 사람이 앞뒤에서 어깨에 메는 가마

賴 의뢰할 뢰 : 의뢰하다, 힘입다, 기대다
來 올래 : 오다, 미래, 위로하다
猜 시기할 시 : 시기하다, 혐오하다
借 빌릴 차 : 빌리다, 의지하다 / 孰 누구 숙 : 누구, 무엇, 어느

일본에 사신으로 가서 (3)

물나라 타국 봄 풍경은 아른대고
머나먼 길 행차는 아직도 멀었네
풀밭은 천 리나 푸르게 이어지고
달은 두 나라에서 밝게 빛나겠지
유세를 하다 보니 여비는 떨어져
돌아갈 생각에 하얀 머리가 돋네
남아가 큰 뜻을 사방에 펼치려니
공을 세워 이름 떨침이 아니라네

奉事日本 3 (鄭夢周, 1337~1392)

水國春光動　天涯客未行
草連千里綠　月共兩鄉明
遊說黃金盡　思歸白髮生
男兒四方志　不獨爲功名

봉사일본 3 (정몽주)

수국춘광동　천애객미행
초연천리록　월공양향명
유세황금진　사귀백발생
남아사방지　부독위공명

• 유세 : 각처로 다니며 자기 또는 소속 정당을 설명 또는
선전하는 것

說 말씀 설, 달랠 세

일본에 머물다 짓다

평생을 남과 북으로 다니다 보니
마음에 심은 뜻을 이루지 못했네
고국은 서쪽 바다 저편에 있는데
외로운 조각배 하늘 멀리 떠가네
매화가 핀 창가에 봄빛은 이르고
판잣집에 빗물 소리 꽤나 요란해
홀로 앉아 기나긴 날을 보내려니
집 생각에 괴로움을 어이 견디랴

旅寓 (鄭夢周, 1337~1392)

平生南與北　心事轉蹉跎
故國海西岸　孤舟天一涯
梅窓春色早　板屋雨聲多
獨坐消長日　那堪苦憶家

여우 (정몽주)

평생남여북　심사전차타
고국해서안　고주천일애
매창춘색조　판옥우성다
독좌소장일　나감고억가

• 여우 : 객지에 거처하는 것
• 심사 : 마음에 생각하는 일
• 차타 : 미끄러져 넘어짐, 시기를 놓침, 일을 이루지 못하고 나이가 듦
蹉 미끄러질 차 : 미끄러다, 지나가다
跎 헛디딜 타 : 헛디디다, 때를 놓치다

출정 간 군졸 아내의 원 (1)

이별이 몇 년째인가 소식은 뜸한데
변방에 생사 여부를 누군가 알겠지
오늘 아침에야 겨울옷 부치러 가니
울며 보내고 올적 뱃속에 아이라오

征婦怨 1 (鄭夢周, 1337~1392)

一別年多消息稀　塞垣存沒有誰知
今朝始寄寒衣去　泣送歸時在腹兒

정부원 1 (정몽주)

일별년다소식희　새원존몰유수지
금조시기한의거　읍송귀시재복아

・세원 : 변방의 성

垣 담 원 : 담, 울타리, 관아

출정 간 군졸 아내의 원 (2)

회문시를 수놓으니 비단 글자 새롭고
봉하여 멀리 보내려니 여한이 없구나
사람들 가운데 아마 요동객이 있을까
날마다 나루에 나가 행인에게 묻노라

征婦怨 2 (鄭夢周, 1337~1392)

織罷回文錦字新　題封寄遠恨無因
衆中恐有遼東客　每向津頭問路人

정부원 2 (정몽주)

직파회문금자신　제봉기원한무인
중중공유요동객　매향진두문로인

• 회문시 : 한시의 별체(別體). 시를 첫머리부터 내리 읽어도,
반대로 뒤에서 거꾸로 올려 읽어도 의미가 통하며 시법
(詩法)에도 어긋나지 않게 지은 시를 말함
무인 : 원인이 없다

罷 마칠 파 : 마치다, 그만두다
恐 두려울 공, 아마 공 : 두렵다, 아마

중구일 정주에 한상이 시를 지으라기에

구월 구일 정주에 높은 곳을 올라보니
황국은 예전과 같이 눈에 환히 비치네
포구 갯벌은 멀리 남쪽 선덕진에 닿고
험한 산은 북으로 여진 성에 기대었네
오랜 전쟁에 흥하고 망한 역사가 있어
먼 변방에서 사내 마음은 강개를 하네
술상 물리고 장군 부축에 말에 오르니
낮은 산에 석양이 붉은 깃발을 비추네

定州重九韓相命賦 (鄭夢周, 1337~1392)

定州重九登高處　依舊黃花照眼明
浦漵南連宣德鎭　峯巒北倚女眞城
百年戰國興亡事　萬里征夫慷慨情
酒罷元戎扶上馬　淺山斜日照紅旌

정주중구한상명부 (정몽주)

정주중구등고처　의구황화조안명
포서남연선덕진　봉만북의여진성
백년전국흥망사　만리정부강개정
주파원융부상마　천산사일조홍정

- 한상 : 한방신 장군
- 정주 : 함경남도 정평(定平)으로 고려시대 지명
- 선덕진 : 함경남도 정평군 선덕면의 옛 지명
- 강개 : 의롭지 못함을 보고 정의심에 슬퍼하고 한탄함
- 원융 : 군사의 우두머리
漵 강 이름 서 : 강 이름, 갯벌

청심루

안개 낀 자욱한 강에 비가 내리고
누각에 자던 객 밤에 문을 열었네
날이 밝아 말에 올라 진창 밟으며
돌아보니 푸른 물에 갈매기 한 쌍

清心樓 (鄭夢周, 1337~1392)

煙雨空濛滿一江　樓中宿客夜開窓
明朝上馬衝泥去　回首滄波白鳥雙

청심루 (정몽주)

연우공몽만일강　누중숙객야개창
창명상마충니거　회수창파백조쌍

• 청심루 : 여주 소재
• 공몽 : (이슬비나 안개로)자욱함

濛 가랑비 올 몽 : 가랑비가 오다, 흐릿하다
衝 찌를 충 : 찌르다, 부딪다, 길, 통로
泥 진흙 니 : 진흙, 진창, 수로

춘흥

봄비가 가늘어 오는가 했더니
한밤엔 빗소리 나직이 들렸네
눈은 녹아 앞개울이 넘쳐나고
파란 새싹이 여기저기 돋겠네

春興 (鄭夢周, 1337~1392)

春雨細不滴　夜中微有聲
雪盡南溪漲　多少草芽生

춘흥 (정몽주)

춘우세부적　야중미유성
설진남계창　다소초아생

滴 물방울 적 : 물방울, (물방울이)떨어지다
漲 넘칠 창 : (물이)넘치다, 붇다, 가득하다
芽 싹 아 : 싹, 새싹, 처음

270

예전에 김해 유람을 더듬어

연자루에 제비는 다시 왔건만
떠나간 낭군은 오시지 않으니
당시에 내가 심은 매화나무야
봄바람에 몇 번이나 피었더냐

懷金海舊遊 (鄭夢周, 1337~1392)

鷰子樓前鷰子廻　郎君一去不重來
當時手種梅花樹　爲問東風幾度開

회김해구유 (정몽주)

연자루전연자회　낭군일거부중래
당시수종매화수　위문동풍기도개

• 기도 : 몇 번

種 씨 종 : 씨, 종족, 종류, 심다

패랭이꽃

세상 사람들은 붉은 모란을 좋아해
정원에 가득히 심어 두고 돌보지만
누구라 알리오 황량한 시골에 풀밭
이곳에 어여쁜 꽃떨기가 있을 줄을
모습은 마을 연못의 달에 새어들고
향기는 언덕 나무 바람이 전하는데
멀리 떨어진 곳이라 애들이 뜸하니
그저 촌 노인에게 교태를 부린다네

石竹花 (鄭襲明, ? ~1151)

世愛牧丹紅　栽培滿院中
誰知荒草野　亦有好花叢
色透村塘月　香傳隴樹風
地偏公子少　嬌態屬田翁

석죽화 (정습명)

세애목단홍　재배만원중
수지황초야　역유호화총
색투촌당월　향전롱수풍
지편공자소　교태촉전옹

- 초야 : 시골, 풀이 우거진 들판
- 공자 : 귀한 집안에 어린 자제
- 교태 : 아양을 부리는 태도

透 통할 투 : 통하다, 환하다
屬 붙을 촉, 무리 속 : 붙다, 붙이다, 모이다

시냇물을 읊다

오랜 석불 앞으로 흘러가는 물이
구슬피 울다가 다시 목메어 우네
속세로 나가면 응당 한이 되겠지
영원히 구름과 산을 떠나 있으니

詠溪水 (正思, 고려 후기, 승)

古佛巖前水　哀鳴復嗚咽
應恨到人間　永與雲山別

영계수 (정사)

고불암전수　애명부오열
응한도인간　영여운산별

진주 산수도

몇 점의 청산이 푸른 호수에 누워있어
공은 말을 하기를 진양을 그렸다 하네
물가에 초가집 서너 채가 있음 알지만
그중에 허름한 내 집은 그림에 없다네

晉州山水圖 (鄭與齡, 생몰 미상)

數點青山枕碧湖 公言此是晉陽圖
水邊草屋知多少 中有吾廬畵也無

진주산수도 (정여령)

수점청산침벽호 공언차시진양도
수변초옥지다소 중유오려화야무

• 진양 : 진주의 옛 지명

枕 베개 침 : 베개, 드러눕다, 잠자다, 가로막다

강성현 객사에서 짓다

새벽녘에 고적한 성으로 말을 달리니
주인 없는 울타리에 살구는 익어가고
뻐꾸기는 나랏일 급한 것도 모르면서
종일 근처 숲에서 봄갈이하라 권하네

書江城縣舍 (鄭允宜, ? ~1307)

凌晨走馬入孤城　籬落無人杏子成
布穀不知王事急　傍林終日勸春耕

서강성현사 (정윤의)

능신주마입고성　이락무인행자성
포곡부지왕사급　방림종일권춘경

• 강성현 : 고려시대에 경남 산청군의 일부 지역
• 능신 : 이른 새벽
• 이락 : 울타리 / • 행자 : 살구
• 포곡 : 뻐꾸기

布 베 포 : 배, 돈, 조세
穀 곡식 곡 : 곡식

단월역

술상 물려 베개에 기대니 병풍은 낮고
앞마을 첫닭이 우는 소리에 꿈을 깨어
기억을 더듬자 깊은 밤 운우가 걷히고
벽공에 외로운 달 누각 서편에 걸렸네

團月驛 (鄭知常, ? ~1135)

飮闌欹枕畫屛低　夢覺前村第一鷄
却憶夜深雲雨散　碧空孤月小樓西

단월역 (정지상)

음란기침화병저　몽교전촌제일계
각억야심운우산　벽공고월소루서

• 단월역 : 충청북도 괴산군에 소재
• 운우 : 구름과 비, 남녀 간의 육체적 어울림
• 벽공 : 푸른 하늘

闌 가로막을 란 : 가로막다, 다하다, 저물다
覺 깨달을 각, 깰 교

276

대동강

비 개인 강둑에는 풀빛이 푸르고
남포로 가는 임 노랫소리 구슬퍼
대동강 저 물은 언제나 마르려나
눈물이 해마다 푸른 물에 더하니

大同江 (鄭知常, ? ~1135)

雨歇長堤草色多　送君南浦動悲歌
大同江水何時盡　別淚年年添綠波

대동강 (정지상)

우헐장제초색다　송군남포동비가
대동강수하시진　별루년년첨녹파

歇 쉴 헐 : 쉬다, 그치다, 마르다
添 더할 첨 : 더하다, 보태다, 덧붙이다

벗과 이별

뜰 앞에 나뭇잎 하나 떨어지니
마루 밑에 온갖 벌레 슬퍼하네
홀홀히 떠남을 말릴 수 없지만
멀고 먼 곳 어디로 떠나려는지
오직 마음은 산 너머에 있지만
달이 뜨면 외로운 꿈을 꾸겠지
남포에 봄 물결이 파랗게 일면
그대는 훗날 기약 잊지를 마오

送人 (鄭知常, ? ~1135)

庭前一葉落　床下百蟲悲
忽忽不可止　悠悠何所之
片心山盡處　孤夢月明時
南浦春波綠　君休負後期

송인 (정지상)

정전일엽낙　상하백충비
홀홀불가지　유유하소지
편심산진처　고몽월명시
남포춘파록　군휴부후기

• 유유 : 아득하게 먼 모양, 한가한 모양
• 편심 : 작은 마음, 일방적인 마음

負 질 부 : (짐을)지다, 빚 업다

장원정

우뚝 솟은 쌍궐이 강물을 베개 삼고
맑은 밤 티끌은 하나도 보이지 않네
바람 싣고 가는 배는 구름 조각이요
궁궐 기와에 엉긴 이슬 옥 비늘이네
버들 늘어져 여덟아홉 문 닫은 집에
달이 밝아 서너 사람 주렴을 걷었네
멀고 먼 봉래산은 그 어디쯤 있는가
꿈을 깨니 푸른 봄날 꾀꼬리가 우네

長源亭 (鄭知常, ? ~1135)

岧嶢雙闕枕江濱　淸夜都無一點塵
風送客帆雲片片　露凝宮瓦玉鱗鱗
綠楊閉戶八九屋　明月捲簾三四人
縹緲蓬萊在何許　夢闌黃鳥囀靑春

장원정 (장지상)

초요쌍궐침강빈　청야도무일점진
풍송객범운편편　노응궁와옥린린
녹양폐호팔구옥　명월권렴삼사인
표묘봉래재하허　몽난황조전청춘

279

- 장원정 : 고려 문종 시 평양에 창건한 이궁
- 쌍궐 : 궁궐 앞 양쪽에 세웠던 높은 누각
- 표묘 : 끝없이 넓거나 멀어서 어렴풋함
- 하허 : 어느 곳
都 도읍 도 : 감탄사로 쓰임, 모두
囀 지저귈 전 : 지저귀다 / 許 허락할 허 : 허락, 곳, 장소

높은 절에 올라서

험한 돌길 비단 같은 이끼 아롱지고
비단 이끼 길 다하니 바로 선문이네
땅은 응당 푸른 하늘과 멀지가 않고
중은 한가히 흰 구름을 마주 대하네
날은 따듯 제비는 날아 별전에 들고
밝은 달 원숭이 소리 공산을 울리네
장부의 근본 뜻 사방에 펼쳐 놓으니
내 어찌 덩굴에 박처럼 여기 메이랴

題登高寺 (鄭知常, ? ~1135)

石徑崎嶇苔錦斑　錦苔行盡入禪關
地應碧落不多遠　僧與白雲相對閒
日暖燕飛來別殿　月明猨嘯響空山
丈夫本有四方志　吾豈匏瓜繫此間

제등고사 (정지상)

석경기구태금반　금태행진입선관
지응벽낙부다원　승여백운상대한
일난연비내별전　월명원소향공산
장부본유사방지　오기포과계차간

- 원숭이 : 우리나라에는 없지만 시의 멋을 살리려 사용
- 기구 : 산이 막히고 험하다(험할 기, 험할 구)
- 벽락 : 벽공, 푸른 하늘 가
- 포과 : 박과의 한해살이 덩굴 풀

嘯 휘파람 소

술에 취하다

복사꽃 연분홍 꽃비에 새는 지저귀고
집을 에운 청산에는 이내가 아른대네
머리에는 검은 사모 삐딱하니 쓰고서
꽃동산에 취해 졸다 강남을 꿈꾸었네

醉後 (鄭知常, ? ~1135)

桃花紅雨鳥喃喃　繞屋靑山間翠嵐
一頂烏紗慵不整　醉眠花塢夢江南

취후 (정지상)

도화홍우조남남　요옥청산간취람
일정오사용부정　취면화오몽강남

- 오사모 : 검은 깁으로 만든 벼슬아치의 모자
- 이내 : 푸르스름하고 흐릿한 기운

喃 재잘거릴 남 : 재잘대다, 글 읽는 소리, 새소리
嵐 남기 남 : 남기(산에 생기는 아지랑이 같은 기운)
頂 정수리 정 : 정수리, 이마, 꼭대기
慵 게으를 용 : 게으르다, 나태하다

암둔 박면에 부치다

집을 에워싼 무성한 나무에 안개가 서리고
그윽한 서재는 말이 없이 산천을 마주하네
평생을 함께 지내고픈 벗은 오직 암둔이요
많은 시를 지었으니 바로 그대가 낭선이네
언약이 있어도 오지 못해 꽃은 시들어가고
서로 그리면 무엇하나 달만 다시 둥글었네
누각에서 불던 청아한 휘파람 언제 들을까
고개를 돌리니 용못에 한줄기 슬픔이 이네

奇巖遁 (鄭樞, 1333~1382)

繞屋扶疎綠樹煙　幽齊不語對山川
百年耐友唯巖遁　千首新詩卽閬仙
有約不來花盡謝　相思未見月重圓
倚樓淸嘯何時聽　回望龍池一悵然

기암둔 (정추)

요옥부소녹수연　유제불어대산천
백년내우유암둔　천수신시즉낭선
유약불래화진사　상사미견월중원
의루청소하시청　회망용지일창연

• 부소 : 무성하다
• 낭선 : 당나라 시인 가도(賈島), 한유와 만남에서 유래한 고
사성어 퇴고(推敲)가 유명함
• 창연 : 몹시 서운하고 섭섭함
謝 사례할 사 : 사례하다, 양보하다, 시들다
悵 원망할 창 : 원망하다, 한탄하다 / 疎 도울 부, 트일 소

금란굴

금란굴을 방문하려
해문에서 당주를 띄우니
높은 파도는 지축을 뒤덮고
신묘한 것이 바위를 지키네
안개 젖은 단청 색에
하늘이 새기고 깎은 흔적이라
노을 속에 내려오는 백로를 보며
미루어 생각하니 백의존자로구나

金幱窟 (鄭樞, 1333~1382)

爲訪金幱窟　棠舟放海門
洪濤懷地軸　神物護雲根
霧濕丹青色　天成刻削痕
煙中看鷺下　想見白衣尊

금란굴 (정추)

위방금란굴　당주방해문
홍도회지축　신물호운근
무습단청색　천성각삭흔
연중간로하　상견백의존

- 금란굴 : 강원 통천군 금란리에 해식 동굴
- 당주 : 신선이 타는 배
- 해문 : 바다 입구
- 운근 : 바위, 벼랑
- 상견 : 무엇을 헤아려 생각함
- 존자 : 존경받는 불제자를 높여 부르는 말

금강산 만경대

한줄기 어스름 빛 하늘에 걸렸고
푸른 바다가 눈 아래서 펼쳐지네
안갯속에 숨은 산인 줄 알았더니
차츰 허공에 뜬 물결임을 알았네
홍몽한 가운데 새는 날지를 않고
일렁이는 물에 용이 소리를 내네
장쾌히 부는 바람 누가 빌려왔나
바람을 타고 멀리 날아가고 싶네

萬景臺 (鄭樞, 1333~1382)

一抹橫天黑　滄溟眼底窮
始疑山隱霧　漸覺浪浮空
鳥絶鴻濛內　龍吟滉漾中
長風誰見借　萬里願乘風

만경대 (정추)

일말횡천흑　창명안저궁
시의산은무　점각랑부공
조절홍몽내　용음황양중
장풍수견차　만리원승풍

- 일말 : 한 번 바르거나 지우는 정도
- 홍몽 : 하늘과 땅의 혼돈 상태
抹 지울 말 : 지우다, 바르다, 지나가다
橫 가로 횡, 빛 광 : 가로, 빛, 광채
滉 깊을 황 : 깊다, 물이 깊고 넓다, 물결치다
見 볼 견, 나타날 현 : 보다, 생각하다

청심루에 묵으며

늦은 밤 되어 황려현에 다다르자
뱃사람은 누워 자려 할 시각이네
물가를 거닐자 바람은 심히 불고
누각에 자려니 달은 기약을 했나
높은 하늘 너른 강물은 출렁이고
흰 모래밭에 온갖 잡목 기이하네
깊은 밤 청아하게 휘파람을 부니
문득 물귀신이 춤추는 것 같구나

宿淸心樓 (鄭樞, 1333~1382)

夜入黃驪縣　舟人欲臥時
渚行風作暴　樓宿月如期
天豁長江動　沙明雜樹奇
三更發淸嘯　便覺舞馮夷

숙청심루 (정추)

야입황려현　주인욕와시
저행풍작포　누숙월여기
천활장강동　사명잡수기
삼경발청소　변각무풍이

- 청심루 : 여주 소재
- 변각 : 문득
- 풍이 : 물귀신

豁 뚫린 골 활 : 뚫린 골짜기, 소통하다, 비다
便 편할 편, 문득 변, 오줌 변

탐관오리, 간재집에 있는 운을 쓰다

성안에는 까마귀들이 울며 날고
성 아래는 탐관오리들이 들끓네
관아에서 통첩이 밤늦게 왔어도
이슬에 젖는다고 도망을 않으리
궁벽한 사람들 서로가 통곡하고
한밤에도 갑자기 수탈을 당하니
예전엔 장정들 버글대던 고을이
오늘 아침에는 마을이 허전하네
궐문은 호랑이와 표범이 지키니
이런 얘기가 들어가지를 못하고
하얀 망아지는 골짜기에 있음에
어이해 고삐에 묶어서 데려오나

汗吏用簡齊韻 (鄭樞, 1333~1382)

城中烏飛啼　城下汙吏集
府牒暮夜下　豈辭行露濕
窮民相歌哭　子夜誅求急
舊時千丁縣　今朝十室邑
君闍虎豹守　此言無由入
白駒在空谷　何以得維縶

오리용간제운 (정추)

성중오비제 성하오리집
부첩모야하 기사행로습
궁민상가곡 자야주구급
구시천정현 금조십실읍
군혼호표수 차언무유입
백구재공곡 하이득유집

- 오리 : 탐관오리
- 자야 : 자시, 한밤중
- 주구 : 관청에서 백성의 재물을 강제로 빼앗음
- 가렴주구 : 가혹하게 세금을 거두거나 백성의 재물을 억지로 빼앗음
- 무유 : ~할 수가 없다
- 백구 : 희고 깨끗한 망아지, 성현을 나타내는 동물

閽 문지기 혼 : 문지기, 궁문
維 벼리 유 : 벼리, 바(밧줄), 매다
縶 맬 집 : 매다, (마소를)잡아 매다, 고삐

정주 가는 도중에

정주 관문 밖에는 잡초가 무성하고
인적 없는 모랫벌에 해가 저무는데
비린 바닷바람 전사자 유골에 불고
느릅나무 숲에서 말은 수시로 우네

定州途中 (鄭樞, 1333~1382)

定州關外草萋萋　沙磧無人日向西
過海腥風吹戰骨　白楡多處馬頻嘶

정주도중 (정추)

정주관외초처처　사적무인일향서
과해성풍취전골　백유다처마빈시

• 정주 : 평안북도 소재
• 사적 : 모래섬
• 백유 : 껍질이 흰 느릅나무

萋 우거질 처 : 우거지다, 아름답다
磧 서덜 적 : 모래톱, 돌무더기
嘶 울 시 : (마소가)울다, 흐느끼다

강어귀에서

배를 타고 가다가 소나기 만나
난간에 기대어 가는 구름 보며
넓은 바다에 땅이 없나 했지만
산이 개고 촌락이 있어 반갑네

江口 (鄭誧, 1309~1345)

移舟逢急雨　倚檻望歸雲
海濶疑無地　山明喜有村

강구 (정포)

이주봉급우　의함망귀운
해활의무지　산명희유촌

誧 도울 포
檻 난간 함 : 난간
濶 넓을 활 : 넓다, 멀다, 거칠다, 관대하다

동래 잡시

저녁 무렵에 스님을 만나 얘기하다
봄날에 들판을 말에 실려서 가자니
안개 걷힌 시골길은 한참이나 멀고
바람 솔솔 바다는 파도가 잔잔하네
오래된 나무는 바위에 기대어 섰고
키가 큰 소나무가 길에서 맞아주네
황폐한 대는 흩어져 터마저 없는데
다만 해운대란 이름만 전해 온다네

東萊雜詩 (鄭誧, 1309~1345)

落日逢僧話　春郊信馬行
煙消村巷永　風軟海波平
老樹依巖立　長松擁道迎
荒臺漫無址　猶說海雲名

동래잡시 (정포)

낙일봉승화　춘교신마행
연소촌항영　풍연해파평
노수의암립　장송옹도영
황대만무지　유설해운명

• 동국여지승람에 최치원이 대(臺)를 쌓은 기록이 있어, 해운
(최치원의 자)과 대를 붙여 해운대라 전해옴

軟 연할 연 : 연하다, 부드럽다
擁 낄 옹 : 끼다, 안다
漫 흩어질 만 : 흩어지다, 방종하다

서강 잡흥 (1)

열흘 내린 가을 장맛비에 강물은 불었고
남은 구름에서 또다시 비는 연신 내리네
간밤 누각 아래 물소리가 꽤나 요란터니
새벽 인가에 사립문이 물에 반쯤 잠겼네

西江雜興 1 (鄭誧, 1309~1345)

十日秋霖江面肥　殘雲更作雨霏霏
夜來樓下濤聲壯　淸曉人家水半扉

서강잡흥 1 (정포)

십일추림강면비　잔운갱작우비비
야래누하도성장　청효인가수반비

291

• 서강 : 중국 남부에서 가장 긴 강

霖 장마 림 : 장마, 사흘 이상 내리는 비
霏 눈 펄펄 내릴 비
濤 물결 도 : 물결, 물결치다
扉 사립문 비 : 사립문, 문짝, 가옥

서강 잡흥 (2)

강촌에 가을이 가도록 파리가 끓어
음식을 대할 적마다 먹지를 못하네
조만간 비가 개고 하늘이 좋아지면
표연히 노를 저어 창릉을 지나가리

西江雜興 2 (鄭誧, 1309~1345)

江村秋後轉多蠅　對案時時食不能
早晩雨晴天氣好　飄然一棹過昌陵

서강잡흥 2 (정포)

강촌추후전다승　대안시시식불능
조만우청천기호　표연일도과창릉

蠅 파리 승 : 파리

서강 잡흥 (3)

아름다운 푸른 산 봉창에 가득하고
실같이 가는 비가 돌다리에 내리네
깊은 밤 서늘하여 잠들지 못하는데
뱃사람은 다시 또 예성강을 부르네

西江雜興 3 (鄭誧, 1309~1345)

青山似畵滿篷窓　細雨如絲灑石矼
已是夜闌清不寐　舟人更唱禮成江

서강잡흥 3 (정포)

청산사화만봉창　세우여사쇄석강
이시야란청불매　주인갱창예성강

- 봉창 : 배의 창
- 야란 : 깊은 밤, 야심하다

矼 징검다리 강 : 징검다리, 돌다리
已 이미 이 : 이미, 이, 이것
闌 가로막을 란 : 가로막다, 방지하다, 쇠퇴하다
清 맑을 청 : 맑다, 서늘하다, 차갑다

서강 잡흥 (4)

백발에 늙은 어부가 낚싯대 하나 붙잡고
작은 배에서 종일 바람과 파도와 싸우네
그의 마음은 고기가 미끼를 물기 바라나
마음 졸여 바라보니 간담 또한 서늘하네

西江雜興 4 (鄭誧, 1309~1345)

白髮漁翁竹一竿　扁舟終日戰風瀾
渠心只愛魚吞餌　爭信旁觀膽亦寒

서강잡흥 4 (정포)

백발어옹죽일간　편주종일전풍란
거심지애어탄이　쟁신방관담역한

竿 낚싯대 간 : 낚싯대, 장대, 횃대
瀾 물결 란 : 물결, 파도
渠 도랑 거 : 그(3인칭)
愛 사랑 애 : 원하다
吞 삼킬 탄 / 餌 미끼 이 : 미끼, 먹이
膽 쓸개 담 : 쓸개, 마음, 담력

서강 잡흥 (5)

바람도 없는 강에 녹음이 묻어나고
가던 배는 모두들 밀물에 모여드네
사공은 불을 피우고 타고를 울리니
동남에서 온 장삿배인 줄을 알겠네

西江雜興 5 (鄭誧, 1309~1345)

風靜長江綠潑油　征帆一一集潮頭
篙師放火鳴鼉鼓　知是東南賈客舟

서강잡흥 5 (정포)

풍정장강녹발유　정범일일집조두
고사방화명타고　지시동남고객주

- 정범 : 항해하는 배
- 고사 : 숙련된 나이든 뱃사공
- 타고 : 천산갑(穿山岬)의 껍질로 만든 북

篙 상앗대 고 : 상앗대, (배를)젓다
鼉 악어 타
賈 장사 고 : 장사, 장사하다

하동으로 유람 가는 백개부에게

십여 년을 서울에서 함께 즐거이 노닐다
오늘 하량에 이별은 마음이 더욱 괴롭네
소슬한 갈바람은 찢긴 헌 갓에 불어대고
쓸쓸한 새벽 비에 떠나는 말안장이 젖네
나무가 듬성한 시골 주막에 묵어도 가고
산 좋으면 냇길에서 말 멈추고 바라보소
남쪽 땅 하동에서 오래도록 유하지 마오
동구 밖에 어머니 눈 시리게 기다리시네

送白介夫遊河東 (鄭誧, 1309~1345)

十年京洛共遊歡　今日河梁別更難
獵獵秋風吹破帽　淒淒朝雨濕征鞍
樹疏野店投人宿　山好溪途立馬看
莫向南州苦留滯　倚閭慈母眼長寒

송백개부유하동 (정포)

십년경락공유환　금일하량별갱난
렵렵추풍취파모　처처조우습정안
수소야점투인숙　산호계도립마간
막향남주고유체　의려자모안장한

- 경락 : 서울, 나라의 중앙 정부가 있는 곳
- 하량별 : 전송할 때 개천 다리에서 이별을 말함
- 냇길 : 냇물의 가장자리를 따라 난 길
- 의려 : 어머니가 동구 밖에서 자녀가 돌아오기를 기다림

閭 마을 려 / 苦 쓸 고 : 쓰다, 오래 계속되다

양주 객관에서 정인을 이별하며

새벽 등촉은 화장기 없는 얼굴을 비추고
이별의 말을 하자니 애간장 다 끊어지네
달이 저무는 뜨락에 문을 살며시 밀치니
살구꽃 희미한 그림자 옷깃에 가득 젖네

梁州客館別情人 (鄭誧, 1309~1345)

五更燈燭照殘粧 慾話別離先斷腸
落月半庭推戶出 杏花疎影滿衣裳

양주객관별정인 (정포)

오경등촉조잔장 욕화별리선단장
낙월반정추호출 행화소영만의상

• 정인 : 정을 통하는 남녀 사이에 서로를 이르는 말
• 오경 : 새벽 3~5시 사이

推 밀 추 : 밀다, 추천하다

구월 구일

외딴곳에 가을은 이미 다 가는데
산이 추워 국화는 피지도 못하네
병이 있기에 마음은 더욱 힘들고
가난을 아니 외상술 사기 어렵네
들판 길에 하늘은 무척이나 넓고
촌락 빈터에 햇살은 비껴 내리네
나그네가 회포를 풀 수가 없기에
황혼에 시골 마을 쓸쓸히 지나네

重九 (鄭誧, 1309~1345)

地僻秋將盡　山寒菊未花
病知心愈苦　貧覺酒難賖
野路天容大　村墟日脚斜
客懷無以遣　薄暮過田家

중구 (정포)

지벽추장진　산한국미화
병지심유고　빈각주난사
야로천용대　촌허일각사
객회무이견　박모과전가

賖 세낼 사 : 세내다, (외상으로)사다, 아득하다
僻 궁벽할 벽 : 궁벽하다, 천하다

°
298
—

산사

객이 묵으려 하면 손사래 치고
산사에 별난 일을 알리지 마라
집 모퉁이에 배꽃이 활짝 피어
달이 밝으면 두견이 와서 운다

山寺 (曹繼芳, 생몰 미상)

敲門宿客直須麾　莫使山家奇事知
屋角梨花開滿樹　子規來叫月明時

산사 (조계방)

고문숙객직수휘　막사산가기사지
옥각이화개만수　자규내규월명시

敲 두드릴 고 : 두드리다
麾 기 휘 : 기, 대장기(지휘하는 깃발), 손짓하다

봄날을 보내며 이별하다

벼슬 좌천에 상심해 눈물을 뿌리며
그대를 보내며 가는 봄도 보내려니
봄바람아 즐겨 가거라 머물지 말고
오래 머물면 인간의 시비나 배울라

送春日別人 (趙云仡, 1332~1404)

謫宦傷心涕淚揮 送人兼復送春歸
春風好去無留意 久在人間學是非

송춘일별인 (조운흘)

적환상심체루휘 송인겸복송춘귀
춘풍호거무유의 구재인간학시비

• 적환 : 좌천, 귀양 가는 벼슬

초당에서 바로 짓다

한낮에야 아이 불러 사립문을 열고서
숲속 정자로 가서 이끼돌에 앉았더니
어젯밤 산중에 불던 바람과 억수비에
냇물이 가득 불어 꽃잎이 떠내려가네

草堂卽事 (趙云仡, 1332~1404)

柴扉日午喚人開　步出林亭坐石苔
昨夜山中風雨惡　滿溪流水泛花來

초당즉사 (조운흘)

시비일오환인개　보출임정좌석태
작야산중풍우악　만계유수범화래

柴 섶 시 : 섶(땔나무), 거칠다
泛 뜰 범 : 뜨다, 넓다

아들에게 일러주다

임금을 섬기되 마땅히 충성 다하고
사물을 대할 적엔 당연히 정성이라
원컨대 아침부터 밤까지 노력을 해
낳아주신 부모님 욕되게 하지 마라

示諸子 (趙仁規, 1237~1308)

事君當盡忠　遇物當至誠
願言勤夙夜　無忝爾所生

시제자 (조인규)

사군당진충　우물당지성
원언근숙야　무첨이소생

• 조인규 : 고려 충선왕의 장인
• 제자 : 아들 또는 아들뻘과 같은 사람의 통칭
• 숙야 : 이른 아침과 늦은 밤, 밤낮, 조석
• 이소생 : 너를 낳은 부모

諸 모두 제 : 모두, 무릇, 여러
忝 더럽힐 첨 : 더럽히다, 욕보이다

가을

화려한 섬돌에 서리가 살며시 내리니
고운 살결이 추울까 겹옷을 껴입었네
왕손은 슬픈 가을 노랫말도 모르면서
규방의 밤이 점점 길어짐을 좋아하네

秋 (陳溫, 고려 후기)

鈿砌微微著淡霜　裌衣新護玉膚凉
王孫不解悲秋賦　只喜深閨夜漸長

추 (진온)

구체미미착담상　겹의신호옥부량
왕손불해비추부　지희심규야점장

• 염상 : 늦가을에 처음 내리는 묽은 서리
• 왕손 : 왕손, 가을 풀벌레
• 비추부 : 초나라 송옥의 거문고 곡

鈿 금테 두를 구
著 나타날 저, 지을 저, 붙을 착
裌 겹옷 겹 / 膚 피부 부 : 살갗, 피부, 껍질, 표피

봄

구슬 장막에 상아 침상 있는 별당에서
한가히 시를 읊으며 꽃밭을 걷다 보니
홀연 앵두 가지에 어린 꾀꼬리가 울어
금방울을 던져 보자 붉은 꽃 떨어지네

春 (陳溫, 고종)

玉帳牙床別院中　閑吟隨意繞花叢
忽聞杏杪鶯兒囀　手放金丸看落紅

춘 (진온)

옥장아상별원중　한음수의요화총
홀문행초앵아전　수방금환간낙홍

- 아상 : 상아로 장식한 침상
- 수의 : 자기 마음대로 함

杪 나무 끝 초 : 나무 끝, 가는 가지

버들

궁궐 서편 언덕에 수많은 황금색 가지
봄 시름을 가져와 짙은 그늘 만들었네
미친 듯이 그침 없이 불어오는 바람에
안개는 비 되어 내리고 가을은 깊었네

柳 (陳澕, 고려 후기)

鳳城西畔萬條金　句引春愁作暝陰
無限狂風吹不斷　惹煙和雨到秋深

류 (진화)

봉성서반만조금　구인춘수작명음
무한광풍취부단　야연화우도추심

• 봉성 : 궁궐
• 춘수 : 봄철에 공연히 일어나는 뒤숭숭한 마음

畔 밭 두둑 반, 물가 반 : 밭두둑, 물가
惹 이끌 야, 가벼울 약

가을날 회포를 적다

부귀해도 가을에는 그저 슬픈데
누추한 옷에다 쓸쓸히 읊조리네
수많은 사람의 총욕을 보았거니
얼마나 물었던가 하직하는 날을
나뭇잎은 떨어져 우물을 뒤덮고
다듬이질 소리는 누각에 울리네
애오라지 지친 나그네의 유흥은
베개를 베고서 창주를 꿈꾼다네

秋日書懷 (陳澕, 고려 후기)

富貴也悲秋　孤吟况弊裘
閱多人寵辱　問幾日歸休
落葉埋金井　踈砧響石樓
聊將倦遊興　攲枕夢滄洲

추일서회 (진화)

부귀야비추　고음황폐구
열다인총욕　문기일귀휴
낙엽매금정　소침향석루
요장권유흥　기침몽창주

- 총욕 : 총애와 수모
- 금정 : 井 모양의 나무 틀, 우물을 아름답게 이르는 말
- 권유 : 고달픈 여행
- 창주 : 푸른 물가, 신선이 사는 곳
裘 갖옷 구 : 갖옷(짐승의 털가죽으로 안을 댄 옷)
埋 묻을 메 : 묻다, 메우다

늦은 봄

비 갠 뒤에 정원에는 이끼가 조밀하고
인적 없는 사립문은 낮에도 닫혀 있네
파릇한 섬돌에 꽃잎은 한 치나 쌓여서
동풍 불자 날아갔다 다시 또 날아오네

春晚 (陳澕, 고려 후기)

雨餘庭院簇莓苔　人靜雙扉晝不開
碧砌落花深一寸　東風吹去又吹來

춘만 (진화)

우여정원족매태　인정쌍비주불개
벽체낙화심일촌　동풍취거우취래

• 우여 : 비 갠 뒤
• 매태 : 이끼

簇 가는대 족, 모일 족 : 무리, 떼, 떨기
莓 딸기 나무 매, 이끼 매
砌 섬돌 체 : 섬돌(집채의 돌계단)

봄날 흥취

작은 매화 떨어지니 버들이 하늘대고
청풍에 한가히 밟는 발걸음은 더니네
어물전은 문을 닫아 사람들이 뜸하고
강변에 봄비는 실실이 푸르게 내리네

春興 (陳澕, 고려 후기)

小梅零落柳僛垂　閒踏淸風步步遲
漁店閉門人語少　一江春雨碧絲絲

춘흥 (진화)

소매영낙유기수　한답청풍보보지
어점폐문인어소　일강춘우벽사사

• 청풍 : 부드럽고 맑게 부는 바람
• 실실이 : 실처럼 가는 가지마다

零 떨어질 영 : 떨어지다, 비가 오다
踏 밟을 답 : 밟다, 디디다, 밟아 누르다, 걷다
僛 취하여 춤추는 모양 기 : 취하여 춤추는 모양

동안진

호탕한 긴 물결에 고기는 살이 쪄 푸르고
객은 친숙한데 백구는 곁에 와 날지 않네
만 리에 길들이기 힘든 것 너뿐이 아니니
티끌 같은 세상 옷을 더럽혔다 무시 마라

東安津 (蔡璉, 고려 후기)

長波浩蕩碧鱗肥　慣客沙鷗近不飛
萬里難馴非汝獨　莫欺塵土汚人衣

동안진 (채련)

장파호탕벽린비　관객사구근불비
만리난순비여독　막기진토오인의

• 동안진 : 성주군 선남면 선원리에 있던 포구

鱗 비늘 린 : 비늘, 물고기
馴 길들일 순, 가르칠 훈
欺 속일 기 : 업신여기다, 속이다
汝 너 여 : 너

주렴

주렴을 반쯤 걷으니 새벽 서재에
비 그친 초가을 풍광이 깨끗하네
바람이 한바탕 비를 몰고 가더니
달빛이 온 나뭇가지에 와 엉기네
화창한 날 붉은 노을을 체질하고
멀리 푸른 산이 층층이 새어드네
감미로운 규방에 밤은 길기도 해
은잔등을 가린 집이 몇이나 되나

簾 (蔡璉, 생몰 미상)

半捲書窓曉　新秋霽景澄
風來一陣雨　月映萬條氷
麗日篩紅暈　遙岑漏碧層
香閨良夜永　幾處隔銀燈

렴 (채련)

반권서창효　신추제경징
풍래일진우　월영만조빙
려일사홍훈　요령루벽층
향규량야영　기처격은등

- 일진 : 한 떼의 군사의 진
- 홍훈 : 붉게 상기된 기운
- 량야 : 달이 밝고 아름다운 밤

澄 맑을 징 : (물이)맑다
氷 얼음 빙 : 얼음, 얼다, 투명하다, 엉기다
篩 체 사 : 체, 체로 치다 / 隔 사이 뜰 격, 막을 격

냉천정

바위를 쪼고 쪼아 아담한 정자를 세우니
푸른 절벽 한줄기 폭포가 차갑게 뿌리네
그 누가 청량계를 어이 알고 찾아와서는
앉아서 인간의 뜨거운 번뇌를 깨고 있나

冷泉亭 (天因, 1205~1248, 승)

鑿破雲根構小亭　蒼崖一綫灑泠泠
何人觧到淸凉界　坐遣人間熱惱醒

냉천정 (천인)

착파운근구소정　창애일선쇄령영
하인해도청량계　좌견인간열뇌성

• 창애 : 높은 절벽
• 령영 : 소리가 맑고 시원함
• 열뇌 : 극심한 괴로움

綫 줄 선 : 줄, 선, 실
構 얽을 구 : 얽다, 집을 짓다, (거짓을)꾸며대다
泠 깨우칠 령, 물 이름 영 : 깨우치다, 떨어지다
觧(解) 풀 해 : 풀다, 벗다, 우연히 만나다

벗을 기다리며

버들개지 날리는 천수사 문 앞으로
술병 차고와 그대 오기를 기다리네
석양은 눈부시고 먼 길은 저무는데
혹여 행인이 보이면 그대가 아닐세

待人 (崔斯立, 생몰 미상)

天壽門前柳絮飛　一壺來待故人歸
眼穿落日長程晚　多少行人近却非

대인 (최사립)

천수문전유서비　일호내대고인귀
안천낙일장정만　다소행인근각비

• 천수사 : 고려 숙종의 사후 안식처로 개성에 있던 절
• 류서 : 버들개지(버드나무의 꽃)
• 고인 : 오랜 친구, 죽은 사람

사신으로 송나라 가는 배에서

천지가 어이해 경계가 있는가
산하는 같거나 다르기도 하니
그대여 송나라가 멀다고 마소
돌아보면 돛 하나의 바람이오

使宋船上 (崔思齊, ? ~1091)

天地何疆界　山河自異同
君毋謂宋遠　回首一帆風

사송선상 (최사제)

천지하강계　산하자리동
군무위송원　회수일범풍

• 최사제 : 고려 문종 때 문인으로 최충의 손자

疆 지경 강 : 나라, 강토, 지경
毋 말 무 : 말다, 없다, 아니다

무진 객사

집집마다 우거진 대밭에 물총새 울고
한식을 재촉하는 비에 냇물이 흐르네
관아 다리 길가에는 이끼와 풀빛이요
지는 꽃잎이 말발굽에 밟힐까 애타네

題茂珍客舍 (崔元祐, 생몰 미상)

脩竹家家翡翠啼　雨催寒食水生溪
蒼苔小草官橋路　怕見殘紅入馬蹄

제무진객사 (최원우)

수죽가가비취제　우최한식수생계
창태소초관교로　파견잔홍입마제

• 무진 : 지금의 광주
• 수죽 : 밋밋하게 자란 가늘고 긴 대

怕 두려울 파, 담백할 백

잡흥 (1)

봄날 풀이 어느새 파래지니
동산 곳곳에는 나비가 날고
봄바람은 잠든 나도 모르게
평상 위에 옷가지를 들추네
깨고 보니 일없이 적막하고
숲 저편은 석양빛에 물들어
기둥에 기대어 탄식을 하다
조용히 속세의 미련 잊었네

雜興 1 (崔惟淸, 1095~1174)

春草忽已綠　滿園蝴蝶飛
東風欺人睡　吹起床上衣
覺來寂無事　林外射落暉
倚楹欲歎息　靜然已忘機

잡흥 1 (최유청)

춘초홀이록　만원호접비
동풍기인수　취기상상의
교래적무사　임외사낙휘
의영욕탄식　정연이망기

- 임외 : 숲 밖, 숲가, 들(坰)
- 낙휘 : 다 져가는 저녁 햇발
- 망기 : 속세를 잊다

覺 깰 교, 깨달을 각
射 쏠 사 : 쏘다, 비추다 / 楹 기둥 영 : 기둥

잡흥 (2)

인생이 길어야 백 년이라는데
바람 앞에 촛불처럼 홀홀하여
문자니 부와 지위를 원하지만
누구라도 죽기 전에 만족할까
신선이 되기를 기약은 못하고
세상살이 길은 많이도 바뀌니
그저 북해의 술통을 기울이며
크게 노래해 지붕을 올려보세

雜興 2 (崔惟淸, 1095~1174)

人生百歲間　忽忽如風燭
且問富貴心　誰肯死前足
仙夫不可期　世道多飜覆
聊傾北海尊　浩歌仰看屋

잡흥 2 (최유청)

인생백세간　홀홀여풍촉
차문부귀심　수긍사전족
선부불가기　세도다번복
요경북해준　호가앙간옥

- 홀홀하다 : 별로 대수롭지 아니함
- 북해준 : 북해 태수의 술통은 늘 술이 차 있다고 고사에서 인용
- 호가 : 큰 소리로 노래를 부름

尊 술잔 준, 술통 준, 높을 존

잡흥 (3)

푸르고 푸른 산속에 계수나무가
높다란 곳에다 뿌리를 내렸구나
눈이 날리면 무섭기도 하겠지만
올곧음은 분명 바뀌기 어렵겠네
밤에는 달빛만 쓸쓸하게 비치고
봄바람에 녹음은 점점 짙어가네
나뭇가지 부여잡고 한참을 서서
속절없이 소산의 글을 읊조리네

雜興 3 (崔惟淸, 1095~1174)

蒼蒼山中桂　托根臨嶮巇
霰雪紛可畏　孤貞亮難移
夜月冷相照　春風綠漸滋
攀枝久佇立　空詠小山辭

잡흥 3 (최유청)

창창산중계　탁근임험희
산설분가외　고정양난이
야월냉상조　춘풍녹점자
반지구저립　공영소산사

• 가외 : 두려워할 만함
• 고정 : 마음이 외곬으로 곧음
• 소산사 : 은자를 세상으로 나오라는 내용의 글

亮 밝을 량 : 밝다, 참으로, 분명히
霰 싸라기눈 산, 싸라기눈 선 / 佇 우두커니 설 저

잡흥 (4)

여섯 해를 양주 유람을 다니며
다섯 번에 양주 봄을 감상했네
양주 봄은 예와 다름이 없는데
늙은 얼굴 다만 날로 주름지네
크게 품은 뜻은 이미 쇠했으나
세상 풍정만은 철 따라 새롭네
참 곱고 곱다 길가에 버들이여
하늘하늘 내 마음 힘들게 하네

雜興 4 (崔惟淸, 1095~1174)

六載遊楊州　五賞楊州春
楊州春似舊　老面但日皺
壯志雖已鑠　風情與時新
最憐街頭柳　嫋嫋欲惱人

잡흥 4 (최유청)

육재유양주　오상양주춘
양주춘사구　노면단일준
장지수이삭　풍정여시신
최련가두류　요요욕뇌인

- 풍정 : 정서와 회포를 자아내는 풍치나 경치
- 요요하다 : 산들산들 흔들리는 모양

318

皺 틀 준 : (피부가)트다, 주름 잡히다, 주름
雖 비록 수 : 비록, 아무리 ~하여도
鑠 녹일 삭 : 녹이다, 녹다, 아름답다, 정정하다 / 嫋 예쁠 요

남쪽 둔덕에 버드나무

남쪽 둔덕에 버드나무 한 그루
번지르한 그 몸매가 참 곱지만
독사는 텅 빈 뱃속에 숨어있고
꾀꼬린 가는 허리라 놀려 대고
추운 겨울엔 굳은 절개가 없고
따듯한 봄날엔 긴 가지 늘어져
묻노니 그 재목을 어디에 쓸까
백 척 교목이라 말해 무엇하리

南堤柳 (崔滋, 1188~1260)

南堤一株柳　濯濯秀風標
毒虺藏空腹　嬌鶯弄細腰
歲寒無勁節　春暖有長條
但問材何用　休論百尺喬

남제류 (최자)

남제일주류　탁탁수풍표
독훼장공복　교앵농세요
세한무경절　춘난유장조
단문재하용　휴론백척교

• 탁탁 : 살이 쪄 윤이 흐르는 모양, 벌거벗은 모양
• 풍표 : 풍채(드러나 보이는 사람의 겉모양)
• 경절 : 굳은 절개
• 교목 : 줄기가 곧고 굳은 큰 나무

虺 살무사 훼 : 살무사

연잎에 비 내리다

후추 팔백 섬에
우매함을 두고두고 비웃는데
여하간 푸른 옥 국자로
온종일 고운 구슬 담고 있네

雨荷 (崔瀣, 1287~1340)

胡椒八百斛　千載笑其愚
如何碧玉斗　竟日量明珠

우하 (최해)

호초팔백곡　천재소기우
여하벽옥두　경일양명주

• 호초 : 서역 호나라에서 전래된 후추
• 후추 8백 섬 : 당나라 재상 원재(元載)가 죽임을 당한 뒤 은보다 더 비싼 후추 8백 섬이 나왔다 함
• 옥두 : 옥으로 만든 국자(여기서는 연잎)
• 명주 : 고운 빛이 나는 아름다운 구슬, 진주

斗 말 두 : 말, 술·국 등을 푸는 자루가 긴 용구

강태공이 주나라를 낚다

곧은 낚싯바늘로 낚시하던 당시
고기도 주나라도 낚지를 않았고
문왕의 만남이 진정 우연였다는
이런 말에 강태공이 부끄럽겠네

太公釣周 (崔瀣, 1287~1340)

當年把釣釣無鉤　意不求魚況釣周
終遇文王眞偶爾　此言吾爲古人羞

태공조주 (최해)

당년파조조무구　의불구어황조주
종우문왕진우이　차언오위고인수

• 강태공(姜尙)이 위수에서 낚시질할 때 미늘 없는 곧은 낚싯
바늘을 쓴 것을, 후인들은 그것은 고기 잡는 목적이 아니라 주
문왕을 낚으려 한 것이라고도 함
• 우이 : 우연

釣 갈고리 구
吾 나 오 : 나, 그대

눈 내린 시골 밤

귀양살이 삼 년에 병마는 따라오고
단칸방의 생애가 외려 중과 같구나
눈이 가득한 산에는 인적도 끊기고
파도 소리에 앉아서 등불만 돋우네

縣齊雪夜 (崔瀣, 1287~1340)

三年竄逐病相仍　一室生涯轉似僧
雪滿四山人不到　海濤聲裏坐挑燈

현제설야 (최해)

삼년찬축병상잉　일실생애전사승
설만사산인부도　해도성리좌도등

- 찬축 : 죄인을 먼 곳으로 귀양 보냄
- 해도 : 바다에 큰 파도이나 여기서는 바람 소리

竄 숨을 찬 : 숨다, 달아나다, 내치다
仍 인할 잉 : 인하다, 거듭되다, 오히려
轉 구를 전 : 오히려, 더욱

황룡사 우화문에 쓰다

삭풍이 불어와 고목은 울고
잔물결에 저녁 빛 일렁이네
거닐며 예전 왕조 생각하니
어느새 옷깃이 눈물에 젖네

書黃龍寺雨花門 (崔鴻賓, 생몰 미상)

古樹鳴朔吹　微波漾殘暉
徘徊想前事　不覺淚霑衣

황룡사우화문 (최홍빈)

고수명삭취　미파양잔휘
배회상전사　불각누점의

• 우화문 : 경주에 있던 황룡사의 정문
• 우화 : 부처님이 설법할 때 꽃비가 내렸다 함
• 전사 : 옛 왕조 / • 삭풍 : 북풍

朔 초하루 삭 : 초하루, 북녘
瀁 출렁거릴 양

문수사

법당이 어이 쓸쓸하고 휑한가
수많은 인연이 함께 적막하네
길을 내어 바위틈으로 다니고
샘물은 바위를 지나 떨어지네
해밝은 달은 처마에 걸려있고
청량한 바람은 숲속을 흔드네
누구라고 저기 스님을 따라서
좌선하며 참된 즐거움 배우리

文殊寺 (坦然, 1070~1159, 승)

一室何寥廓　萬緣俱寂寞
路穿石鏪通　泉透雲根落
皓月掛簷楹　涼風動林壑
誰從彼上人　淸坐學眞樂

문수사 (탄연)

일실하요곽　만연구적막
노천석하통　천투운근락
호월괘첨영　양풍동림학
수종피상인　청좌학진락

- 운근 : 바위, 벼랑
- 림학 : 숲의 깊숙하고 으슥한 곳
- 해밝다 : 희고 밝다

廓 둘레 곽 : 둘레, 외성(外城), 휑하다, 텅 비다
穿 뚫을 천 : 뚫다, 관통하다

한산군 이색의 시를 받들어 화답하다

세밑에 찬바람은 점점 더해가고
빈궁한 살림에 술자리는 뜸하네
수심에 구름은 들에 나지막하고
참새는 추운가 처마로 날아드네
재능이야 없어도 도만은 지키며
한가하게 홀로 농막에서 즐기네
남쪽 창가에서 글로써 정진하니
해가 차츰차츰 길어짐을 알겠네

奉和韓山君 (韓脩, 1333~1384)

殘歲寒風積　窮居酒盞疎
愁雲低野逈　凍雀傍簷虛
拙可存吾道　閒惟愛吾廬
南窓書課進　漸覺日行舒

봉화한산군 (한수)

잔세한풍적　궁거주잔소
수운저야형　동작방첨허
졸가존오도　한유애오려
남창서과진　점각일행서

• 봉화 : 임금이나 귀인의 시구에 시로서 화답을 함
• 졸가 : 서투르고 보잘 것 없음
• 오도 : 유교를 닦는 사람들이 말하는 유교의 도
虛 빌 허 : 거주하다, 구멍, 틈
課 과정 과, 공부할 과 : 공부하다
舒 펼 서 : 펴다, 느리다, 흩어지다

밤에 앉아 두보의 시를 차운하다

오늘 다시 날은 저물고
인생 백 년이 슬프구나
마음은 곧 몸을 부리고
늙은 몸에 병이 따르네
꺼진 향불 연기 냉하고
달이 뜨는 창은 밝은데
회포를 나눌 사람 없어
그저 고인 시에 답하네

夜坐次杜詩韻 (韓脩, 1333~1384)

此日亦云暮　百年眞可悲
心爲形所役　老與病相隨
篆冷香殘後　窓明月上時
有懷無與晤　聊和古人詩

야좌차두시운 (한수)

차일역운모　백년진가비
심위형소역　노여병상수
전냉향잔후　창명월상시
유회무여오　요화고인시

云 이를 운 : 이르다, 다다르다
役 부릴 역 : 부리다, 일하다
篆 전자 전 : 모락모락 타오르는 향의 연기를 전(篆)자로 표현함
晤 총명할 오, 만날 오 : 만나다, 대면하다
和 화할 화 : 화하다, 화답하다, 합하다

목은 선생을 맞아 누각서 달놀이 하다

구름 걷힌 장공에 가을 이슬이 내리고
소리 없이 은하수 가까이 와서 흐르네
맑은 풍광엔 또한 탁주를 권하기 좋고
하얀 머리 위에 황국은 외려 수줍다네
샘솟는 금물결이 손님 자리 맑게 하고
하늘은 옥거울 닦아 내 누각에 걸었네
며칠 밤도 꺼리지 말라 공에게 청하며
옛 현인들도 불 밝히고 즐겼다 하였네

邀牧隱先生登樓翫月 (韓脩, 1333~1384)

雲捲長空露洗秋　無聲河漢近人流
濁醪亦足酬淸景　黃菊寧羞上白頭
地湧金波澄客位　天修玉鏡掛吾樓
請公莫厭留連夜　不見前賢秉燭遊

요목은선생등루완월 (한수)

운권장공로세추　무성하한근인류
탁료역족수청경　황국영수상백두
지용금파징객위　천수옥경괘오루
청공막염유연야　불견전현병촉유

- 목은 : 이색
- 하한 : 남북으로 길게 보이는 은하수
翫 희롱할 완 : 희롱하다, 가지고 놀다, 탐하다, 구경하다
醪 막걸리 료
酬 갚을 수 : 갚다, 보답하다, (잔을)돌리다
寧 편안할 령 : 어찌, 차라리

척약재가 방문하여 배로 유람하다

여강 안개비에 작은 배를 띄워놓고
물길 따라 흐르다 거슬러도 가는데
많은 산과 언덕은 모두가 또렷하고
강변 꽃나무도 각기 맑고 그윽하네
물고기는 즐거워 서로 쫓고 쫓으니
새들도 세속을 잊었나 가까이 있네
이 땅에서 시선이 살지를 않았다면
어찌 그림 같은 이곳을 유람하리오

惕若齋乘舟來訪 (韓脩, 1333~1384)

驪江煙雨泛扁舟　隨意隨流或泝流
千點岡巒同暗淡　兩邊花木各淸幽
魚因知樂潛相趁　鳥識忘機近尙浮
不有詩仙居此地　豈能爲此畫中遊

척약재승주내방 (한수)

여강연우범편주　수의수류혹소류
천점강만동암담　양변화목각청유
어인지락잠상진　조식망기근상부
불유시선거차지　기능위차화중유

- 이색이 지은 나옹화상의 비문을 한수가 비에다 글씨를 쓰려 신륵사에 머물 때 지은 시다.
- 척약재 : 김구용
- 청유 : 속세와 떨어져 아담하고 깨끗하며 그윽하다
- 시선 : 신선의 기풍이 있는 천재적인 시인

因 인할 인 : 잇닿다, 따르다, 친하다
潛 잠길 잠 : 잠기다, 자맥질하다

한양 촌장에서 (1)

홑적삼에 두건 쓰고 연못을 둘러보니
언덕에 버들이 황혼에 서늘함을 주네
산보하다 돌아오니 산에는 달이 뜨고
지팡이에 연꽃 향기 아직도 묻어나네

漢陽村庄 1 (韓宗愈, 1287~1354)

單衫短帽繞池塘　隔岸垂楊送晚凉
散步歸來山月上　杖頭猶襲露荷香

한양촌장 1 (한종유)

단삼단모요지당　격안수양송만량
산보귀래산월상　장두유습로하향

• 촌장 : 살림집 외 시골에 따로 장만해 두는 집
• 장두 : 지팡이 손잡이

襲 엄습할 습 : 엄습하다

한양 촌장에서 (2)

십 리 너른 호수에 이슬비는 그치고
갈꽃 멀리 긴 피리 소리가 들려오네
바로 큰 가마솥에 국 끓이던 손으로
다시 낚싯대 메고 저문 물가로 가네

漢陽村庄 2 (韓宗愈, 1287~1354)

十里平湖細雨過　一聲長笛隔蘆花
直將金鼎調羹手　還把漁竿下晚沙

한양촌장 2 (한종유)

십리평호세우과　일성장적격노화
직장금정조갱수　환파어간하만사

• 장적 : 긴 횡적(橫笛)
• 금정 : 가마솥(나라) / • 갱수 : 정치하던 손

將 장수 장, 장차 장 : 장수, 장차, 행하다, 한편
羹 국 갱 : 국 / 把 잡을 파 : 잡다, 한 손으로 쥐다
沙 모래 사 : 모래, 물가

들길에서

고요하게 먼동이 트는 새벽
구름 속에 노을빛 영롱하고
강과 산은 더욱더 신비로워
늙은이는 시를 짓지 못하네

野行 (咸承慶, 생몰 미상)

淸曉日將出　雲霞光陸離
江山更奇絶　老子不能詩

야행 (함승경)

청효일장출　운하광육리
강산갱기절　노자불능시

• 육리 : 여러 빛이 뒤섞여 눈이 부시게 아름다운 모양

淸 맑을 청 : 깨끗하다, 고요하다
將 장수 장, 장차 장
奇 기이할 기 : 기이하다, 기특하다
絶 끊을 절 : 끊다, 단절하다, 매우, 뛰어나다

정선군에서 차운하다

외진 곳을 그 누구라 또다시 찾아오리
꼬박 며칠 말을 타고서 강성에 닿았네
고단을 나선 길은 들쭉날쭉 이빨 같고
고운 눈썹 같은 태백이 공중에 걸렸네
냉담을 기쁨 삼으면 세상 풍습 아님에
한가히 즐기며 지냄이 내 진정 맘이네
척박한 땅 모진 세금에 많이들 떠나고
석청 따러 가는 집들이 보기에 딱하네

旌善郡次韻 (許少由, 공민왕)

地僻誰能取次行　驅馳倂日得江城
火牙當路高丹出　娥黛浮空太白橫
冷淡爲歡違俗尚　優游自適是眞情
土磽賦重流亡遍　忍見家抽石蜜淸

정선군차운 (허소유)

지벽수능취차행　구치병일득강성
화아당로고단출　아대부공태백횡
냉담위환위속상　우유자적시진정
토요부중유망편　인견가추석밀청

- 병일 : 여러 날
- 화아 : 불꽃처럼 들쭉날쭉한 이빨
- 고단역 : 강릉 소재 역참
- 아대 : 미인의 눈썹
- 우유 : 한가롭고 편히 지냄
- 냉담 : 태도나 마음이 쌀쌀함
- 유망 : 정처 없이 떠도는 일 또는 사람
- 속상 : 세속적인 풍속
- 석밀청 : 석청

當 마땅 당 : 밑바탕, 바닥, 마땅
橫 가로 횡 : 덮다, 가리다
尙 오히려 상 : 더욱이, 또한, 아직, 풍습, 풍조
磽(境) 메마른 땅 요
忍 참을 인 : 참다, 차마 못보다

자호사 누각

일찍 일어나 누각에 오르니
팔월에 가을 기운 유연하네
하얀 안개는 들판에 걸렸고
붉은 해는 산봉우리에 솟네
타향 길에 서릿바람 차지만
승방은 꽃과 나무 그윽하네
한잔 술에 실없는 이야기로
명리와 근심을 보내고 있네

慈護寺樓 (許洪材, ? ~1170)

早起獨登樓　悠然八月秋
白煙橫野外　紅日上峯頭
客路風霜冷　僧軒花木幽
一罇開笑語　消遣利名愁

자호사루 (허홍재)

조기독등루　유연팔월추
백연횡야외　홍일상봉두
객로풍상냉　승헌화목유
일준개소어　소견이명수

• 허홍재 : 정중부 난에 죽임을 당함
• 유연 : 침착하고 여유 있는 모습
• 소견 : 소일

罇 술두루미 준 : 술두루미(술 담는 두루미), 술잔

보현원

향연 속으로 독경 소리가 스며들고
침침한 법당에 적료하게 빛이 드네
절문 밖에 길에는 사람들이 오가고
바위 노송에는 밝은 달이 변함없네
빈 절 새벽바람에 풍경소리 요란코
꽃밭에 파초가 가을 이슬에 시드네
내 여기와 유유자적 고승과 자리해
하룻밤 맑은 대화는 바로 만금였네

普賢院 (惠文, ? ~1234, 승)

爐火烟中演梵音　寂寥生白室沉沉
路長門外人南北　松老巖邊月古今
空院曉風饒鐸舌　小庭秋露敗蕉心
我來寄傲高僧榻　一夜淸談直萬金

보현원 (혜문)

로화연중연범음　적료생백실침침
로장문외인남북　송노암변월고금
공원효풍요탁설　소정추로패초심
아래기오고승탑　일야청담직만금

- 보현원 : 경기도 장단 소재, 1170년(의종 24) 무신 정중부 등
이 이곳에서 문신들을 살해함
- 요설 : 수다스럽게 지껄임
- 기오 : 초연한 자유인의 경지, 막힘이 없다

梵 불경 범 : 불경, 범어 / 鐸 방울 탁 : 방울, 풍경(風磬)

이른 아침 말 타고 가며

자취색 허공에 걸리고 산골 물 흐르는
바람과 안개 천 리가 창주와 비슷하네
남대로 가는 길 돌다리 서편 물가에서
홀을 괴고 산을 보니 또다시 가을이네

早朝馬上 (洪侃, ? ~1304)

紫翠橫空澗水流　風烟千里似滄洲
石橋西畔南臺路　桂笏看山又一秋

조조마상 (홍간)

자취횡공간수류　풍연천리사창주
석교서반남대로　주홀간산우일추

- 자취 : 자줏빛과 녹색
- 풍연 : 아름다운 경치
- 창주 : 푸른 물가, 신선이 사는 곳

畔 밭두둑 반 : 밭두둑, 물가, 떨어지다
笏 홀 홀 : 벼슬아치가 임금 알현 시 손에 쥐던 물건

작가
소개

· 권부

국자감, 대사성, 문한학사, 감찰대부 등을 역임한 문신으로 본관은 청주
이다.

· 김구

고려 후기 참지정사. 중서시랑평장사. 판판도사사 등을 역임한 문신이다.

· 김구용

고려 말기의 학자로 정몽주, 상충, 이숭인 등과 성리학을 일으켰고, 척불숭
유의 선봉이었다. 신돈의 미움을 사 생명이 위태롭자 가족과 함께 영천으로
도피하여 겨우 죽음을 면했다.

· 김군수

고려 후기 문신으로 아버지는 김돈중이며, 할아버지는 김부식이다.

· 김극기

초야에서 시작(詩作)으로 소일하다가, 40대에 이르러 명종의 부름을 받고
의주방어판관(義州防禦判官)이 되었다.

· 김득배

홍건적 침입으로 의주 · 정주 · 인주 등이 함락되자 이들을 압록강 밖으로
격퇴하고, 공민왕을 따라 원나라에 갔고 후일 모함에 빠져 상주에서 죽임

을 당하였다.

· 김방경

무장으로 삼별초 난을 평정하고, 원나라가 일본을 정벌 시 고려군 도원수
로서 종군하였다.

· 김부식

문신 · 학자, 정치가로 인종의 명령으로 삼국사기를 편찬하고 사론을 직접
썼으며 1145년에 완성하였다.

· 김부의

문인으로 김부식의 동생이며 묘청의 난을 평정한 공으로 금대(金帶)를 하
사받았다.

· 김신윤

문인으로 술에 취해 망령된 말을 하여 권력자들에게 거슬려, 개경을 떠나
감악사로 들어가 살았다.

· 김연

김인존으로 첫 이름이 김연이다. 이자겸의 횡포가 두려워 스스로 말에서 떨
어져 임금에 간청하여 재상직에서 해직이 되었다.

· 김영돈

조부는 무장 김방경이다. 충혜왕이 원나라에 볼모 시 사면해달라는 글을
원에 냈으나 이루어지지 않음, 후일 세도가들의 양민 횡포를 바로 잡는데
힘썼다.

· 김익정

고려 말, 조선 전기의 문신으로 세종 시에는 충청 · 전라 · 경기의 삼도 관찰사를 지냈다.

· 김자수

고려 말기의 문신으로 정세가 불안하자 관직을 버리고 은거함. 조선 개국 후 관직에 임명되었으나 사양하고 고려 멸망을 비관하여 자결하였다.

· 김제안

명장군 김방경의 증손으로 문과에 급제하여 정몽주, 이숭인, 정도전 등과 교류하였고, 신돈을 죽이려다가 누설되어 피살당했다.

· 김효인

문신이자 서예가이며 아들은 김방경이다. 보경사에 건립된 원진국사비의 글씨와 전액을 썼다.

· 김흔

무인으로 제주에서 삼별초 토벌과 일본 원정에 참여했다. 김방경의 아들로 가문에 기준한 등용제도 음서(蔭敍)로 등용되어 판관을 거쳐 정4품 장군에 올랐다.

· 길재

성리학자로 조선 초에는 관직에 임명되었으나 두 임금을 섬기지 않겠다며 거절하였다. 이색, 정몽주, 권근 등의 문하에서 학문을 익혔다.

· 나옹

속명은 아원혜 호는 나옹으로 왕사를 지냈고, 회암사 주지를 하였으며, 무
학(無學)에게 법을 전하여, 조선시대 불교의 초석을 세웠다. 밀양 영원사로
가던 중 56세에 여주 신륵사에서 입적하였다.

· 나흥유

무신으로 고려와 중국 지도를 만들고 여러 왕조의 흥망과 국토 변천을 기록
해 왕에게 바쳤다. 통신사로 일본에 건너가 왜구 출몰을 금하도록 요구하
다 간첩 혐의로 구속되었다.

· 대각국사

법명은 의천이며 문종의 넷째 아들로 11세에 출가했다. 송나라에 유학하고
귀국 시에 불교 서적 3000여 권을 가지고 와 흥왕사의 주지가 되어 천태교
학을 정리하고 제자들을 양성하였다.

· 무기

지리산에 숨어 지내며 장삼 한 벌로 평생 입고 살았으며, 특이한 행적 때문
에 기승(奇僧)으로 평가를 받았다.

· 박효수

원나라에 상서하여 충선왕을 환국하게 하려고 노력하였으며, 평소에 지조
가 있고 청렴하여 사람들의 칭송을 받았다.

· 백문보

신라의 숭불(崇佛)에 의한 폐단을 들어 승려의 허가제를 상소하여 실시하
게 하였다. 우왕(禑王)이 대군이 되자 전녹생, 정추와 함께 그의 사부(師傅)

가 되었다.

· 백문절

충렬왕 당시 나라에 공로도 없는 권세가 자제들이 관직에 임용되자 그들의
임명장에 서명하지 않았고, 왕의 재촉을 받고서도 끝내 불응하다가 투옥되
어 관직도 박탈 당했다.

· 백원항

박효수와 함께 상왕 충선왕의 환국 요청 글과 충숙왕의 비인 복국장공주
의 사인이 왕의 구타에 의한 것이라는 진술이 무고임을 밝히는 글을 써서
원나라 중서성에 보냈다.

· 변중량

대제학 변계량의 형이요 이성계의 백형인 이원계의 사위이며, 정도전의 일
파로 몰려 참살되었다. 이방원의 정몽주를 제거 계획을 알고 정몽주에 알
렸으나 정몽주는 듣지 않고 이성계의 집에 다녀오다가 선죽교에서 살해되
었다.

· 서견

정몽주가 살해당하고 이숭인과 함께 유배되었다. 조선이 건국함에 따라 금
천(衿川)에 은둔하였다

· 선탄

이제현 등과 교류하였으며 승려의 신분보다는 오히려 시인, 곧 시승으로
서 자기 존재를 역사에 남겼다. 시로써 시대를 고뇌하고 산천의 아름다움
을 노래하였다.

· 설손

홍건적의 난을 피해 원나라에서 고려에 귀화한 유민으로, 공민왕이 즉위 전 원나라에 와 있던 공민왕과 친교가 있었다.

· 설장수

설손의 아들로 몽고어와 중국어에 능통해 조정에 중용되어 중국과의 외교에서 중요한 역할을 담당하였다.

· 송인

고려 후기의 공양왕 때 문신으로 한양부 판관에 제수되었다.

· 신숙

청렴과 충직하기로 이름이 났으나 의종의 미움을 사 수사공(守司空)으로 좌천되었다. 그 후 벼슬을 버리고 고향인 고령으로 돌아갔다.

· 신준

성명은 미상이며 법명이 신준이다. 무신정변이 일어나자 유관(儒冠)을 벗어버리고 불교에 귀의하여 명산을 두루 방랑하다가 끝내 환속하지 않고 생을 마쳤다.

· 신천

고려 충숙왕 때의 문신이요, 안향(安珦)의 문인이었다.

· 안유

노년기에 이름을 안향(安珦)으로 개명하였다. 원나라에서 성리학을 도입하여 보급한 문신으로, 한국 유학의 새로운 경지를 개척해 고려의 불교세력과

대항하고 나아가 조선시대의 건국이념으로까지 성장시켰다

· 안축
고향 죽계(竹溪, 지금의 풍기)를 세력 기반으로 하여 중앙으로 진출한 신흥유학자로 재능과 학문이 뛰어났다. 본관은 순흥이다.

· 연경
호는 암곡(巖谷)이고 문과에 급제하였다. 묘소는 곡산군 백야산 아래에 있다.

· 염흥방
홍건적의 난에 개경을 수복한 공으로 제학(提學)에 올랐다. 토지와 노비를 강탈하고 양민을 괴롭혀 우왕, 최영, 이성계에게 처형되었다.

· 오순
고려 충숙왕 때의 문인으로 괴과(魁科, 문과중에 수석 합격자)에 급제했다.

· 왕강
고려 후기 조선전기 문신으로 조선 건국 후 회군공신(回軍功臣)에 오르기도 하였다. 공양왕 때 조운선의 안전을 도모코자 조정에 태안 쪽에 운하를 파자 건의해 시도하였으나 실패하였다.

· 우탁
충선왕이 즉위 후 부왕의 후궁인 숙창원비(淑昌院妃)와 통간하자 백의 차림에 도끼를 들고 거적자리를 짊어지고 대궐로 들어가 극간을 하였다. 곧 향리로 물러나 학문에 정진하였다

· 왕백

충숙왕의 총애를 받던 이인길의 장인 최득화를 수주(隨州)의 수령으로 임명하려 하자 임명장에 서명을 거부하였다가 유배되었고, 조적(曺頔)의 난에 가담하였다가 이듬해 파직당하였다.

· 원감

시호는 원감국사로 문과에 장원 급제하고 일본에 사신으로 다녀왔으며, 뒤에 중이 되었다.

· 원송수

정당문학(政堂文學)에 오르자 신돈의 미움을 받아 파직되었고, 신돈이 더욱 권세를 부리자, 이에 근심하고 분해하다 1366년 병으로 죽었다.

· 원천석

고려 말 정치의 문란함에 개탄하여 출사하지 않은 은사(隱士)로 일찍이 이방원을 왕자 시절에 가르친 적이 있어, 이방원이 즉위하여 기용하려고 불렀으나 응하지 않았다.

· 월창

고려 말 이색이 신륵사로 피서하러 갔다가 월창을 만났다. 평소 묵언으로 지냈으나 이색과 친분을 쌓은 후 말을 하였다.

· 유숙

강릉대군(江陵大君: 훗날의 공민왕)을 시종해 4년간 원에 있었다. 홍건적의 침입 때 왕의 남행을 결정하여 그 공로가 평가되어 승진했다. 훗날 영광에서 신돈이 보낸 자에게 교살 당하였다.

· 유승단

강화도 천도에 대한 논의가 일자 종사를 버리고 구차하게 숨어 세월을 보내면서 백성들을 도탄에 빠트리는 일이라고 반대하였다.

· 윤택

충목왕이 죽자 이승로와 같이 공민왕을 세우려 하였으나 충정왕이 즉위하게 되자 좌천되었다. 후일 관직에서 물러나 고향 금주에서 산수를 벗 삼아 여생을 보냈다.

· 이견간

사신으로 원나라에 갈 때 중국 상주객관에 머물다 두견새 소리를 듣고 지은 시가 세상에 퍼져 널리 회자되었고, 고려의 충렬, 충선, 충숙 3조에 벼슬하였다

· 이곡

원나라 조정에 고려로부터 동녀를 징발하지 말 것을 건의하기도 하였다. 『동문선』에는 100여 편에 가까운 작품이 수록되어 있으며, 대나무를 의인화하여 절개 있는 부인에 비유하여 쓴 작품『죽부인전』이 있다.

· 이공수

공민왕이 폐위되자 원나라에 사신으로 가서 공민왕의 복위를 위해 노력했으며, 다시 복위되자 고려로 돌아왔다. 신돈이 정권을 잡고 이공수를 파면시키자 낙향하여 풍류를 즐겼다.

· 이규보

40세 때 집권자인 최충헌의 모정기(茅亭記)를 쓰고 한림원에 들어간 후 승진을 거듭하였다. 고려 중기 무인 집권 하에서도 활달한 시풍으로 일세를 풍미한 문호였다.

· 이무방

고려 말 조선 초의 문신으로 공민왕 21년 계림부윤이 되어 의창(義倉)을 설치하고 어염(魚鹽)을 팔아 흉년에는 백성을 구휼했다.

· 이방직

문과 급제 후 집현전 대제학에 이르렀으며, 보물 제1297호의 『김수온발선종영가집(金守溫跋禪宗永嘉集)』은 그의 제자가 이방직의 도움을 받아 1381년(우왕 7)에 개판(開版)하였다.

· 이색

고려에 대한 절의를 지킨 인물이요 격동의 시대를 살다간 지식인으로, 포은 정몽주 야은 길재와 더불어 삼은으로 불린다.

· 이성

문신으로 검소하고 허식이 없었으며, 손에서 책을 놓지 않았다. 어딜 가든 학자가 구름같이 모여들었다 하며, 이성을 오경에 능통한 사람이라 오경사(五經笥)라고 불렀다.

· 이숭인

호는 도은(陶隱)으로 목은 이색, 포은 정몽주와 함께 고려의 삼은(三隱)으로 일컬어진다. 정몽주의 당이라 하여 유배되었으며 후일 정도전의 심복에게 유배지에서 장살(杖殺)되었다.

· 이암
고려 후기 문신으로 충숙왕이 복위해 충혜왕의 총애를 받았다는 이유로 섬으로 유배되었다. 홍건적이 개경에 쳐들어오자 왕을 따라 남행했고, 이듬해 왕이 안동으로 피난할 때 호종한 공로로 1등 공신이 되었다.

· 이인로
고려의 대표적 문인의 한 사람으로 문장이 탁월했으며 초서와 예서에 뛰어났다. 『고려사』에는 어려서부터 총명하고 영리하여 글을 잘 지었고 초서와 예서를 잘 썼다'라고 기록되어 있다.

· 이인복
이조년의 손이고 일찍이 백이정에게 수학해 성리학에 밝았다. 공민왕에게 신돈을 멀리할 것을 간했다가 한때 파직 당하였다.

· 이자현
문신이자 서예가이다. 6대조 이자연은 문종에게 세 딸을 시집보냈으니 따라서 이자현도 강력한 외척세력의 일원이었다. 한적함이 좋아 벼슬을 버리고 산에 들어가 생을 마쳤지만 인색한 성질에 재산 축적과 재물을 탐하여 양곡을 거두니 농민에게는 괴로움의 대상이었다.

· 이장용
고려 원종 때의 문신으로 벼슬은 문하시중에 이르렀으며 경사(經史)에 밝고 음양, 의약, 율력에도 능통하였다.

· 이제현

고려 시대 학자이자 관료요 서화가이며 장인은 당시 세도가였던 권부(權
溥)이다. 원나라 진감여가 그린 이제현의 초상화는 현재 국보로 지정되어
있다.

· 이조년

충혜왕을 따라 원을 내왕하면서 정치적 어려움에 빠진 왕을 위해 노력하였
다. 왕이 복위하여 본국으로 돌아와 공로를 평정할 때 관직을 제수받았고,
충혜왕의 실정에 대해 여러 차례 직간하였으나 받아들여지지 않자 사직하
고 고향으로 돌아갔다.

· 이지저

문신으로 괴과(魁科)에 급제하였다. 당시 먼 친척인 이자겸이 국정을 잡자
그에게 바칠 뇌물을 거두는 등 악폐가 심해 이를 금지하다가 이자겸의 미움
을 받고 한직으로 쫓겨 갔다. 서경천도론을 극구 반대하였다.

· 이진

문신으로 아들 이제현의 세력에 의지해 남의 노비를 탈취한 것이 많아 호
소하는 자가 많았다 하며, 벼슬에서 물러난 뒤에는 학문과 시와 술로 소요
하였다.

· 이집

자는 호연(浩然) 호는 둔촌(遁村)으로 신돈에게 생명의 위협을 받자 가족과
함께 영천으로 도피하였고, 신돈이 죽자 잠시 관직에 있다가 여주로 낙향해
살면서 시를 지으며 일생을 마쳤다.

· 임규

인종(仁宗) 때의 문인으로 인종의 처남이며, 벼슬이 정이품인 평장사(平章事)에 올랐다.

· 임춘

강좌칠현(江左七賢) 즉 자연에 파묻혀 살아가는 현자 가운데 한 사람으로 시와 술로 세월을 보냈던 고려시대 문인이다. 무신란을 만나 가문 전체가 화를 입었지만, 그는 겨우 피신하여 목숨은 부지하였다. 관직에 오르지 못하고 실의와 빈곤 속에 방황하다가 일찍 죽고 말았다.

· 일연

무신 집권이 끝나고 난 후 국왕의 부름을 받았다. 충렬왕 때 국존(國尊)으로 책봉되고 교계를 주도하였다. 만년에는 삼국시대의 역사와 문화를 집적한 삼국유사를 편찬하였다.

· 장일

고려 후기의 문신으로 삼별초가 진도에 거점을 만들자 대장군으로서 경상도 수로방호사가 되어 이를 진압하고 중추원동지사가 되었다.

· 전록생

홍건적의 난 때 남쪽으로 피난 간 왕을 호종한 공으로 이등공신이 되었으며, 토지를 불법적으로 탈점하는 권문세가들을 처벌했다. 그때 기황후(奇皇后)의 친척 동생도 이런 연유로 정치도감에 잡혀와 매를 맞다 죽자 원나라로 잡혀가 국문을 당했다.

· 정가신

나주 출신으로 충렬왕 세자가 원나라에 갈 때 세자의 스승으로서 수행하였으며, 원나라에서 고위 벼슬을 하였고, 귀국할 때 원나라 황제가 황금 말안장(金鞍)을 선물하였다.

· 정명

『대동시선』에서는 305쪽의 천인(天因)과 다른 인물로 수록되어 있다.

· 정몽주

충숙왕 때 뛰어난 외교가이며 고려 말기의 충신으로 이색으로부터 우리나라 성리학의 시조로 평가받았다. 일본과 화친을 도모하기 위해 보내진 나흥유가 투옥됐다 돌아오자, 일본으로 건너가 일을 무사히 마치고 고려인 포로 수백 명을 구해 돌아왔다.

· 정사

고려 후기 남원 송림사에서 수행한 승려이며 참지정사 정국검이 남원의 태수가 되어 농상(農桑)을 권장키 위해 마을을 돌다 그의 시를 읽고 크게 감탄하여 벗을 맺었고 이후로 정국검은 인물을 논할 때면 정사를 승려 가운데 용이라고 칭찬하였다고 한다.

· 정윤의

예문관 대제학을 지낸 이조년의 장인이며 동지공거(同知貢擧)가 되어 과거를 관장하였으며, 관직은 감찰대부(監察大夫)에 이르렀다.

· 정지상

고려를 대표하는 시인으로 그가 쓴 서정시는 한 시대 시의 수준을 끌어올렸다, 서경 천도를 주장하는 무리들과 어울려 새로운 시대를 여는데 적극 나섰다. 도참설을 찬양하였다.

· 정추
고려 후기의 문신으로 공민왕 2년 문과에 급제하였다. 이존오 등과 함께 신돈의 죄를 극언하다가 왕의 노여움을 사 죽을 위기에 처했으나 이색의 도움으로 죽음을 면하고 동래 현령으로 좌천되었다.

· 정포
고려 말기 문신으로 잘못된 정치를 바로잡고자 상소하였다가 파면되었고, 원나라로 망명한다는 모함에 빠져 동래로 유배를 갔으며 그곳에 여러 정경을 시로 남겼다.

· 조운흘
홍건적의 침입으로 남쪽으로 피난하던 왕을 호종하였고, 훗날 상주 노음산 기슭에 은거하면서 외출할 때는 항상 소를 타고 다녔다고 하며, 스스로 묘지를 짓고 73세에 죽었다.

· 조인규
몽고어 통역관으로 출세해 충선왕의 장인이 되었으며 권문세가의 반열에 올랐다. 하지만 딸인 충선왕 비를 원나라의 공주가 무고하여 원나라에 7년간 귀양살이를 하였다.

· 진온
고려 후기 문신이며 진화(陳澕)의 동생으로 나주목사를 역임하였다. 이후 후손들이 여양 진씨에서 떨어져 나와 나주를 본관으로 삼음에 따라 나주 진씨의 시조가 되었다.

· 진화

고려 후기 문신이며 진온의 형이요 정중부의 난 때 문신을 보호해 주었던 무신 진준(陳俊)의 손자이다. 시문(詩文)에 능하여 당시 이규보와 더불어 이름을 떨친 문장가이다.

· 천인

과거에 실패하자 실의에 빠져 출가를 결심하고 원묘국사를 찾아가서 중이 되었다. 몽고의 침입을 피해 상왕산 법화사에 들어가 이듬해 44세로 사망했다.

· 최사립

고려 충렬왕대에 문과에 합격하여 예부전서를 지냈으며, 글씨와 시에 능했다. 대인(待人)이란 시의 안천(眼穿) 글귀로 인해 최사립은 당시 사람들에게 최안천(崔眼穿)이라 불렸다.

· 최사제

고려 문신이며 최충(崔冲)의 손자이다

· 최유청

예종 때 과거에 급제했으나 아직 학문을 이루지 못했다며 벼슬길에 나가지 않았다. 이자겸의 간계로 외사촌인 정극영의 매부와 연좌되어 파직되었다. 후일 금나라에 사행을 다녀오기도 했다.

· 최자

몽고 침략 시 강화도는 땅이 넓고 사람이 적어 지키기 어렵다고 항복을 주장하기도 했다. 최충헌의 노비 김준이 무신정권의 권신인 최이의 신임을 받는 것을 보고 그의 아들들을 초청하여 잔치를 열어 웃음거리가 된 일도 있었다.

· 최해

최치원의 후손이며 성격이 강직해 조정에서 환영받지 못하고 말년에는 사원(寺院)의 밭을 빌려 농사를 지으며 저술에 힘썼다. 만년의 생활은 매우 곤궁하여 사후에는 친지들의 부의로 장례를 치렀다.

· 탄연

승려이자 서예가이며 선종을 부흥 하는 데 많은 영향을 미쳤다. 후일 예종이 된 세자를 가르쳤다. 19세에 궁중을 몰래 나와 개성 북쪽 안적사에서 출가하여 승려가 되었다. 뒤에 늙은 어머니 때문에 멀리 가지 못하고 외산(外山)에 작은 절을 구해 봉양하였다

· 한수

15세의 나이로 과거에 합격하였으며, 홍건적의 침입으로 왕이 안동으로 피난할 때 호종했다. 왕에게 신돈을 멀리할 것을 아뢰었다 예의판서로 밀려난 다음 관직에서 물러났으며 이색과는 일찍부터 교분이 깊었다.

· 한종유

(충숙왕 복위 8) 조적의 난 때에는 정승 김륜과 함께 이 난을 평정하는 책임을 맡았다. 또한 (충혜왕 복위 3)에는 조적의 난으로 충혜왕이 원나라에 불려갔는데 이때 시종 충절로 충혜왕을 변호하였고 그 결과 1등 공신으로

책봉되었다.

· 함승경

공민왕 때 문과에 급제하였으며 조선시대에 들어와 집현전 대제학을 지냈다.

· 허홍재

고려 중기의 문신. 문장에 능해 왕의 총애를 얻어 연회 때마다 배행하였는데, 이로 인하여 무인들이 시기하여 1170년 무신의 난이 일어났을 때 살해당하였다.

· 혜문

선종인 가지산문에 출가하였으며 30세가 넘어 승과에 급제하였다.
성품이 강직하여 당대의 사대부들이 그를 좋아하였으며 이인로, 이규보 등과 교유하였다.

· 홍간

고려 후기 원주주관, 동래현령 등을 역임한 문신으로, 원주의 주관(州官)으로 나갔다가 언사(言事) 때문에 동래현령으로 좌천되어 그곳에서 별세하였다. 허균은 그의 시가 "아름다우면서도 맑고 곱다."고 평하였다.

*그 외 김상한, 김약수, 도원흥, 설문우, 정려령, 조계방, 채련, 최원우, 최홍빈, 허소유 등 명확하게 확인하지 못한 작가는 부득 수록하지 못하였음을 양해바랍니다.

도서출판 이비컴의 실용서 브랜드 **이비락**樂 은 더불어 사는 삶에 긍정의 변화를 줄 유익한 책을 만들기 위해 노력합니다.

원고 및 기획안 문의 : bookbee@naver.com